NÓS, MADALENAS

ISBN 978-65-5748-065-6

Coordenação editorial
Helena Gomes
Helena Maria Alves

Revisão de texto
Helena Gomes
Jarid Arraes

Projeto gráfico e diagramação
Claudia Intatilo

Capa
Claudia Intatilo
Maria Ribeiro

Idealização e fotografias
Maria Ribeiro

Grafia atualizada segundo o Acordo Ortográfico da Língua Portuguesa de 1990, que entrou em vigor no Brasil em 2009.

EDITORA DE CULTURA LTDA.
Rua Baceúnas, 180
03127-060 – São Paulo – SP
Fone: (55 11) 2894-5100

www.editoradecultura.com.br
atendimento@editoradecultura.com.br

Primeira edição: novembro de 2024
Impressão: 5ª 4ª 3ª 2ª 1ª
Ano: 28 27 26 25 24

CIP-BRASIL. CATALOGAÇÃO NA PUBLICAÇÃO
SINDICATO NACIONAL DOS EDITORES DE LIVROS, RJ

N78

Nós, Madalenas / idealização e fotografias Maria Ribeiro. - 1. ed. - São Paulo : Editora de Cultura, 2024.

88 p. : il. ; 28 cm.

ISBN 978-65-5748-065-6

1. Feminismo - Obras ilustradas. 2. Mulheres - Condições sociais - Obras ilustradas. 3. Fotografia. I. Ribeiro, Maria.

CDD: 779.930542

24-94277 CDU: 77:141.72

Meri Gleice Rodrigues de Souza - Bibliotecária - CRB-7/6439

02/10/2024 03/10/2024

Impresso no Brasil

Maria Ribeiro

NÓS, MADALENAS

São Paulo | novembro de 2024

SUMÁRIO

PREFÁCIO

Conheci Maria Ribeiro logo depois de ter um diagnóstico de câncer de mama. Foi quando percebi que estava começando uma jornada que ia me transformar por dentro e por fora e isso gerou em mim um desejo enorme de ficar mais íntima do meu corpo, me olhar sem culpa e, de certa forma, me despedir de quem eu era naquele exato momento.

Eu já sabia que o câncer me faria perder pedaços pelo caminho e, por isso, queria registrar cada curva, cada ruga, cada excesso ou falta do corpo que eu nem sabia que amava tanto.

Acho que é esse o convite nas cerimônias criadas por Maria Ribeiro: nos tornarmos íntimas de quem somos e nos permitir transbordar e nos amar através do corpo em um profundo ato de afeto e cura, conduzido por uma mulher que é, ao mesmo tempo, curandeira e ferida. Como, talvez, sejamos todas.

Vulnerável em sua nudez, Maria torna a máquina fotográfica invisível e dança. Mesmo sem movimento, ao ritmo do que vai se revelando sobre quem somos, sobre quem ela é. Não nos conhecíamos antes, mas em segundos nos tornamos praticamente iguais.

Terminei percebendo que Maria e eu temos em comum a paixão por contar histórias. Histórias sobre nós que também são histórias sobre outras mulheres. Histórias sobre outras mulheres que também são nossas. Somos tão apaixonadas que contamos o que vivemos e o que imaginamos, deixando visíveis segredos profundos, resistências, paixões, medos, coragem. Tudo revelado enquanto nos entregamos e nos permitimos ser capturadas por segundos e expostas para sempre.

Parece um risco, mas é só uma escolha, a escolha natural das pessoas que se encantam pelos mistérios que cercam nossas dores e pela possibilidade de transmutar tudo o que vem delas. É assim que terminamos nos lembrando de que somos o todo, que queremos acreditar que só nos habita.

Neste livro, todas as mulheres já fotografadas por Maria se tornam Thanee, Sônia, Tati, Adriana, Bruna, Bryanna, Carlinha, Carol, Fabíola, Giovanna, Iana, Kiran, Juliana, Rafaela, Sofia, Carol Ito, Helô, Anna Virginia, Palmira, Rafaela Ferreira, Renata, Sarah, Thais, Toranja e Veronica. Estamos todas aqui, em cada palavra escolhida, em cada foto e história. É como se, naquele momento da cerimônia em que transbordamos, uma parte de nós tivesse se libertado e saído pelo mundo, voltando agora com outros nomes.

Madalenas me fez lembrar que até no individual somos um coletivo. Não há o que fazer. Somos mulheres.

Ana Cortat*

* *Liderança comprometida com questões que envolvem as causas raciais, de gênero e LGBT+, coliderou o estudo que denunciou a situação de assédio vivida em agências de publicidade brasileiras. Atualmente é VP de Estratégia da Agência Soko, conselheira consultiva do Instituto Guetto e professora na Miami Ad School.*

APRESENTAÇÃO

O ano era 2014. Maria estava morando em São Paulo, trabalhando como assistente em estúdios de moda e cinema publicitário e vendo, pela primeira vez, os bastidores de criação dos padrões de beleza que consumimos enquanto sociedade. Maria percebeu que tudo o que vemos em *outdoors*, comerciais, capas de revista (nessa época, ainda não havia Instagram) era mentira. Maria sou eu.

Sei que não estou trazendo nada de novo quando digo que há uma enorme manipulação dos corpos das mulheres na pós-produção dessas imagens, mas acho que as pessoas, ainda hoje, não têm ideia de quanto o produto final que recebem é irreal. Não se trata apenas de "imperfeições" como rugas ou estrias que são apagadas: os corpos são esticados, puxados, os formatos são transformados, as proporções são alteradas para se adequarem a um conceito europeu de beleza que afeta as percepções sociais de estética, identidade e autoestima.

Durante séculos, as potências coloniais europeias impuseram seus ideais de beleza, elevando características eurocêntricas e marginalizando a rica diversidade de povos indígenas, africanos e mestiços que caracterizam a América Latina. A persistência desses ideais levou à internalização generalizada de padrões de beleza que alienam a maioria da população da própria herança cultural e física.

Isso foi reforçado pela mídia globalizada, pelas indústrias da moda e da beleza, que continuam a perpetuar ideais eurocêntricos por meio da publicidade, do entretenimento e da cultura popular. O resultado é que milhões de latino-americanos, particularmente as mulheres, sentem a pressão de se conformar a um padrão de beleza irreal e excludente, que não reflete nossa existência.

Na tentativa de fazer algo significativo para mim, algo relevante que transmitisse a mensagem que eu realmente queria enviar ao mundo, nasceu *Nós, Madalenas – uma palavra para o feminismo*. Meu desejo era combinar o feminismo e minha rejeição à colonização estética eurocêntrica em um projeto, e assim criei a premissa: perguntar às mulheres qual palavra representa o feminismo em cada uma de suas jornadas. Escreveríamos essas palavras com batom em seus corpos e tiraríamos uma foto crua e real, mostrando a verdade sobre nossas vidas e nossos corpos.

Apagar os traços de uma mulher é apagar sua história e transformar nossos corpos em produtos – e, ao mesmo tempo, em consumidoras – do capitalismo. Em 2014, tive os primeiros contatos com a quarta onda do feminismo por meio de grupos no Facebook e blogs que compartilhavam textos de Beauvoir, Virginia Woolf, Angela Davis etc. Um ano depois leria *O Mito da Beleza,* de Naomi Wolf, que é um despertar e um tapa na cara a cada página. Esta obra embasa meu trabalho até hoje.

> Depois que as mulheres conquistaram o direito ao voto e que a primeira onda do movimento feminino organizado se acalmara, Virgínia Woolf escreveu que ainda se passariam décadas até as mulheres poderem contar a verdade sobre seus corpos (Naomi Wolf, *O Mito da Beleza*, 1992).

E assim foi. Comecei sem experiência, sem equipamento adequado, sem estúdio, "apenas uma câmera na mão e um sonho". E fiz do jeito que deu as primeiras fotos com mulheres convidadas em grupos que discutiam feminismo na internet. O Tumblr que fiz na época, para compartilhar essas imagens, viralizou e o resto é história. O projeto cresceu, tornou-se um livro publicado na Livraria Cultura do Conjunto Nacional em dezembro de 2015, foi premiado pela ONU Mulheres em Nova Iorque, apresentado em simpósios, universidades, festivais, coletivos e publicado em cinco países diferentes na América e na Europa.

Por que o título *Nós, Madalenas*? O arquétipo de Maria Madalena retrata a mulher julgada. O estigma que vem sempre quando saímos da caixinha que o sistema gostaria de nos manter. Nossa vida e nossos corpos se tornam espaço público para opiniões não solicitadas do patriarcado, que usa nossas escolhas, nossa sexualidade e nossa liberdade para destruir nossa reputação. O que eles não sabem é que nós queimamos nossa reputação de boas moças da mesma forma que queimaram as nossas ancestrais nas fogueiras. Não nos interessa mais a aprovação masculina. Nos interessa ser livres. Todas nós. Madalenas.

O projeto me transformou como mulher, artista, feminista e ser humano. O trabalho que faço atualmente com a Photomedicina e as Cerimônias Fotográficas de Cura para Mulheres nasceu ali, no dia em que cliquei a primeira foto desse projeto. Todo o meu trabalho a partir de então orbita em trazer as mulheres para o centro de suas histórias, em um lugar de protagonismo e autonomia sobre seus corpos e suas narrativas. Uma arte real e verdadeira, uma resistência poética a todas as inverdades divulgadas sobre as mulheres e seus corpos.

O objetivo, a longo prazo, é fazer uma

nova edição a cada cinco anos a partir de 2024 para acompanhar a evolução do pensamento feminista e das narrativas pessoais ao longo do tempo e, desse modo, ter um registro das mudanças, atravessamentos e complexidades de um movimento plural e interseccional. Dessa forma, além de uma obra artística, será construído um material de consulta multidisciplinar em relação à quarta onda do feminismo.

Na perspectiva de que o pessoal é político, o projeto busca criar pertencimento, uma vez que as histórias individuais compõem uma existência coletiva das mulheres na sociedade e, quando expostas, ajudam a humanizar e a concretizar questões frequentemente apresentadas de forma abstrata. Cada uma delas traz consigo experiências, vivências e perspectivas únicas que, compartilhadas, podem iluminar as interseccionalidades de existir enquanto mulher em um sistema patriarcal.

Na primeira versão, houve uma chamada aberta e cem mulheres de diferentes contextos e corpos foram fotografadas. Na versão atual, convidamos vinte e cinco mulheres de diferentes raças, idades e atuação profissional que já desenvolvem um discurso feminista e dialogam com a temática do projeto. Além das fotos, cada mulher escreve um texto em primeira pessoa compartilhando um fragmento de sua história, ideias e relação com a palavra escolhida. Essa partilha individual é inspiradora, pessoal e desafia um discurso narrativo hegemônico, em que as histórias são sempre contadas a partir de uma perspectiva única, masculina, branca e heteronormativa.

Chimamanda nos alerta sobre o perigo da história única, que é contada sempre pelo lado com mais poder e, dessa maneira, apaga, invisibiliza e negligencia as narrativas de grupos a que, historicamente, foram negados acessos, direitos e oportunidades. É uma responsabilidade social e, da minha parte, da classe artística trazer a pluralidade das nossas histórias. Resgatar nossa individualidade, nossa diversidade.

> Histórias têm sido usadas para expropriar e ressaltar o mal. Mas histórias podem também ser usadas para capacitar e humanizar. Histórias podem destruir a dignidade de um povo, mas histórias também podem reparar essa dignidade perdida. Quando nós rejeitamos uma única história, quando percebemos que nunca há apenas uma história sobre nada, nós reconquistamos um tipo de paraíso (Chimamanda, *O perigo de uma história única*, 2019).

Nossas dores são reais.
Nossa luta é digna.
Nossas histórias importam.

A autora

SUBMISSA
REBELDE COM CAUSA
TRAVESSIA
DES-
CULPA
TRANSE
HISTÓRIAS
FURIA
CORPO
ESCREVER

DEPOIMENTOS

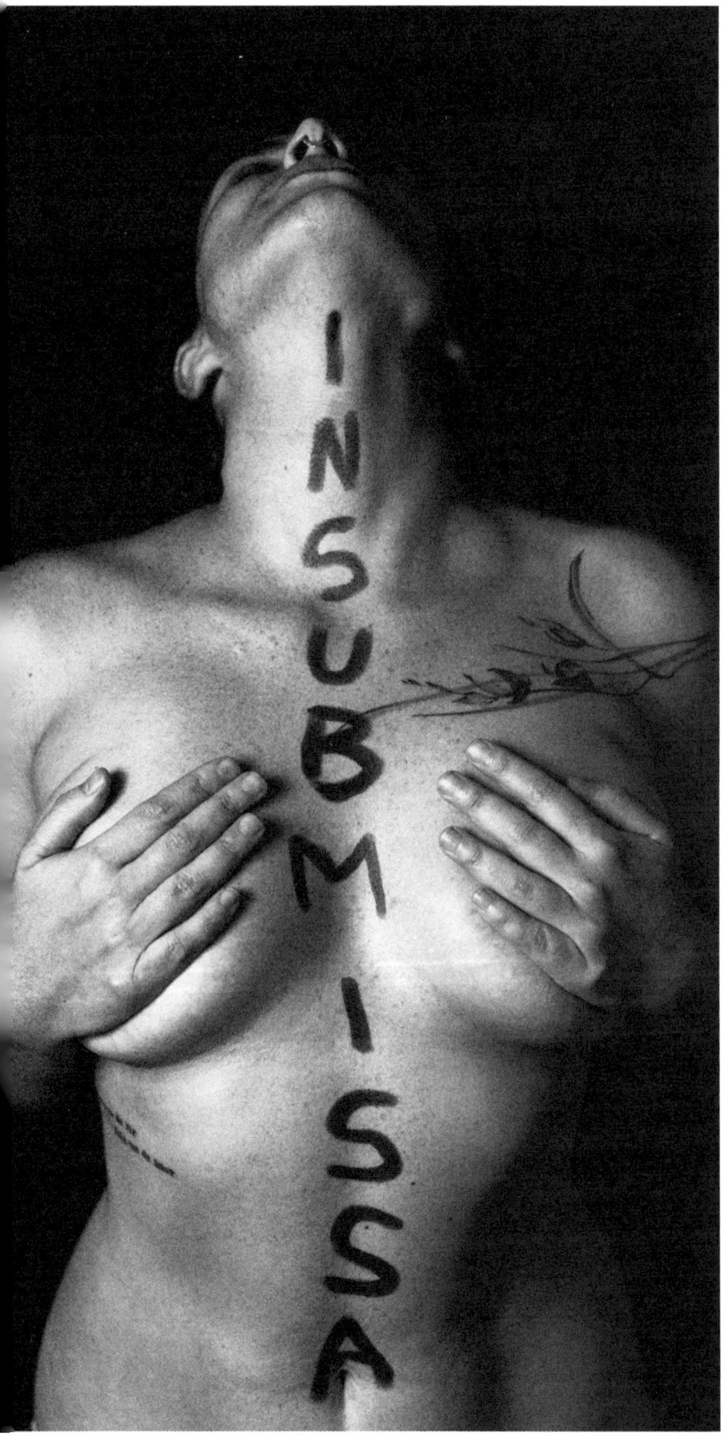

Maria Ribeiro

Aos oito anos de idade, fui morar numa seita em que o guru usava o chá ayahuasca[1] para fazer lavagem cerebral nas pessoas. Eu tomava o chá nos rituais – repletos de dogmas, punições, culpas e proibições – regularmente desde os dez anos de idade. Cresci nessa seita, com cada vez menos contato com a minha família – além dos meus pais –, a sociedade e a cultura fora daquele lugar.

Aos dezenove anos, minha família foi expulsa da seita e fui coagida pelo guru a ficar. Foram quatro anos de isolamento sem contato nenhum, nem sequer com a minha mãe, enquanto eu era submetida a todos os tipos de violência, coerções, chantagens e humilhações, desde agressões físicas, sistema de trabalho escravista, ameaças constantes e até abusos sexuais. O esquema sádico de punições e recompensas me deixava em

---

1. Não emito julgamentos de valor sobre o chá em si. Apenas partilho a minha experiência com o uso irresponsável dessa bebida por uma pessoa sem escrúpulos e mal-intencionada.

um estado de crise constante: comecei a ter desmaios, vômitos, distúrbios de sono e momentos de automutilação.

Fugi dessa seita aos vinte e três anos e, como seria de se esperar, com inúmeras sequelas emocionais, físicas e psicológicas. Depressão, tentativas de suicídio, vômito e crises de pânico se seguiram por anos até eu finalmente conseguir falar sobre o que aconteceu e procurar ajuda profissional. Fui diagnosticada com transtorno de ansiedade, transtorno depressivo, estresse pós-traumático crônico e *borderline*, além de uma série de questões de saúde relacionadas ao trauma. Felizmente consegui reencontrar minha família, que me apoiou, acolheu e me ajuda até hoje a me tratar e me cuidar física e psicologicamente.

Eu pensava que seitas assim só existiam por que na época não havia internet, acesso à informação, ninguém falava sobre essas coisas. Porém, vendo casos que envolvem pessoas em posições de autoridade, como Osho, João de Deus e vários outros homens (padres, pastores, terapeutas, pais de santo, professores e os mais diversos tipos de gurus), percebo que não é só esse o problema. Pessoas em momentos ou situações de vulnerabilidade estão sujeitas a essas ciladas. Mulheres e meninas são os principais alvos dos abusadores.

Quando fotografei a primeira edição desse projeto em 2015, ainda não tinha conseguido processar nada do que tinha acontecido comigo e carregava um sentimento de angústia e culpa constante. Na realidade, comecei a fotografar como uma tentativa de cura, mesmo que ainda não 100% consciente. No fundo, eu estava começando a entender os níveis pessoais e políticos das violências que sofri, a questão de gênero envolvida nos abusos e como estamos vulneráveis em tantos aspectos. Mas ainda era aterrorizante demais lidar com essa ferida.

Fotografar corpos de mulheres, retirando cada uma de nós de um local de objeto e trazendo-nos para um lugar de autonomia e protagonismo sobre nossos corpos e nossas narrativas, foi um processo imensamente transformador. Foi o momento de transmutar nossas histórias pessoais e coletivas, de nomear as violências, de olhar para a minha trajetória de frente e compreender cada vez mais que nunca estamos sozinhas nas nossas dores.

E, o mais incrível, é que não foi só para mim. As mulheres envolvidas no projeto também se beneficiaram da experiência, se curaram, se afirmaram, se apoderaram da sua potência. Isso que é o mais bonito da arte: nunca é uma via de mão única.

Esse projeto mudou minha vida enquanto mulher, enquanto sobrevivente, enquanto artista. Fui premiada pela ONU em Nova Iorque – algo que jamais sonharia possível –, fiz palestras, exposições, tardes de autógrafo, simpósios, dei cursos, estudei, me especializei. E não pretendo parar por aqui. Mais importante do que tudo, esse projeto me permitiu abrir uma porta em mim mesma para que eu pudesse me compreender. Gritei, joguei no mundo o que aconteceu comigo, denunciei aos quatro ventos.

Na primeira vez que falei publicamente sobre isso, recebi centenas de mensagens de mulheres que haviam passado por violências e abusos, mas nunca tinham conseguido contar para ninguém. Diziam que, inspiradas pelo meu depoimento, tiveram coragem de se abrir sobre o assunto.

E eu sei o quanto é difícil. Rasga até sangrar. Chorei até esgotarem as lágrimas. Quis morrer, mas decidi viver. Na verdade, quiseram nos matar, mas somos sementes. E os frutos estão aí em forma de fotos, textos, livros, encontros e curas.

Longe de mim romantizar abuso e sofrimento: nada disso me fez uma pessoa melhor. Cansei de ouvir que tudo o que passei me tornou mais forte. Mentira. Abusos nos tornam machucadas, doentes, traumatizadas, paranoicas e exaustas. Absurdamente exaustas. Eu seria mil vezes mais forte e mais saudável se não tivesse sido vítima de tanta violência.

Decidi transformar a dor em arte. É a única maneira em que consigo, pelo menos por alguns instantes, me encaixar neste mundo. É a minha linguagem, meu grito e também meu encontro. Eu faço o que dá. Como todas que passaram por violências e abusos. A gente vive como consegue. E é isso.

Agora, veja bem, quase dez anos depois, volto a fotografar mulheres com a mesma proposta, porém com uma diferença: cada mulher que está nesta edição tem um trabalho relevante dentro do feminismo e das questões de gênero. A partir da trajetória e do trabalho de cada uma delas, existe um viés que permeia essa narrativa: o pessoal é político. Transformar nossa trajetória em conhecimento compartilhado e interpretar através da nossa luta questões que afligem a todas nós fazem esse projeto existir. Aqui temos artistas, escritoras, mulheres indígenas, pretas, PCD, comunicadoras, perfumistas, *podcasters*, colunistas, mulheres da dança, do tantra, do jornalismo, quadrinistas, viajantes, mães, filhas e netas. Mulheres tão plurais quanto o próprio feminismo.

Como todas nós.

A capa do primeiro livro foi liberdade. Esta é insubmissa. No entanto, não se trata de uma insubmissão adolescente, impulsiva. Trata-se de uma constatação. Fomos ensinadas que existe um conjunto de regras que deve ser seguido para que a gente "dê certo". Para que sejamos parte da sociedade, para que tenhamos, supostamente, segurança física, material e emocional. Cresci com um conjunto de regras que só existia dentro da seita para depois descobrir que nada daquilo era real, que o "mestre" era um psicopata megalomaníaco e que tudo que eu vivi e em que acreditei tão intensamente era mentira.

Claro que essa é uma experiência extrema, que me fez desconfiar das regras que nos mandam seguir. Quando comecei a tentar me adaptar a esta sociedade aqui fora, percebi que estava acontecendo tudo de novo. As regras não foram feitas para nos beneficiar, muito pelo contrário. As instituições família, trabalho, academia, casamento etc. são extremamente prejudiciais às mulheres. Por outro lado (que engraçado, né?), são maravilhosas para os homens! Eles podem usufruir da educação, do trabalho e do casamento, sempre com privilégios imensuráveis[2], enquanto nós temos três, quatro jornadas de trabalho, recebemos menos, somos menosprezadas, interrompidas, temos que lidar com assédio, temos sempre que nos provar profissionalmente e ainda nos sentimos permanentemente culpadas, como se estivéssemos sempre devendo alguma coisa.

Quantas vezes vejo mulheres dizendo que "seguiram todas as regras", fizeram "tudo que era esperado delas" e ficaram sem nada, infelizes, frustradas e sem entender como chegaram a esse ponto.

É simples: fomos enganadas.

As regras foram escritas por outros e não nos contemplam. Nesse caso, só nos resta fazermos nossas próprias regras. Um dos lemas da seita em que cresci era a obediência.

Pois bem: não obedeço.

Não concordo.

Não me submeto.

Não mais. Nunca mais.

E chamo todas as mulheres a serem insubmissas comigo.

Se essas regras não nos servem, criaremos possibilidades, oportunidades que nos contemplem. Pois mulheres são como as águas. Quando se encontram, transbordam.

Vamos juntas!

---

2. Existem recortes de classe e raça importantes na manutenção desses privilégios. Aqui faço uma abordagem de gênero apenas.

ESCREVER

Tati Bernardi

Minhas roupas sempre foram meu cinismo, minha ironia, minhas piadas. Quando você me convidou para fotos em que eu (talvez, se eu topasse, vamos ver na hora como funciona) deveria ficar pelada, logo pensei: se ficarem engraçadas, se eu estiver tirando sarro de algo, não tenho grandes questões.

O lance é não me despir das minhas quinhentas camadas de desconfianças e deboches.

Teriam sido as fotos mais duras, retraídas e pouco à vontade da vida toda. Ainda bem que você sabe disso. Ainda bem que o seu trabalho é bonito, corajoso, decente.

Então você me contou desse exercício que faríamos antes. Feminismo, música, cheiros, plantas, poesia, frases, literatura, ancestralidade, meditação, tarô, relaxamento, massagem, uma cama, silêncio, respiração, alongamento, cura, lembranças. Nem lembro direito tudo o que você falou, mas guardei essas palavras.

Pensei: "que papo mais bicho-grilo, certeza que vou ter um ataque de risos na hora, não vai funcionar".

Você me pediu que eu levasse uma planta da qual gosto muito. Gosto de arruda, porque cresci com minha mãe falando que tira olho gordo. Mas arruda também tem cheiro de axilas vencidas depois de um dia quente e intenso de trabalho. Cheguei já fazendo essa piada. Faço piadas o dia todo. As arrudas murcharam da minha casa até o estúdio. Fiquei com medo de acontecer o mesmo comigo. De meu desodorante vencer e de eu murchar.

Ando tão cansada, cheia de dores, exausta, maternidade, pais velhos, ex-marido, funcionários reclamando o dia inteiro. Por que saí de casa para ir ao estúdio de uma desconhecida pagar um peitinho?

Você me coloca deitada. Eu quero rir. Quero fazer piada: "te achei bonita, você vai deitar aqui comigo". Quero fazer piada: "posso aproveitar para dormir porque tenho filha pequena e não durmo há 675 anos?".

Não sei se gosto tanto da música, mas começo a ter uma vontadezinha de chorar. Não quero voltar naquela cena da hora do recreio, com um menino chamado Fabinho dizendo que sou feia, magrela, não pareço mulher.

Volto para a cena. Vários meninos de treze anos rindo do meu corpo. Volto para outra cena ainda mais dolorosa: meu pai me dizendo que, enquanto tiver essas alergias feias nas pernas (fiquei inteira marcada com pintinhas vermelhas quando meus pais se separaram), eu só deveria andar com calça comprida.

Vou até a cena, já adulta, já mãe de uma menina, e me abraço. Olho meu rosto, meu corpo, eu sou desesperadamente linda e parecida com minha filha. Minha filha, que eu temia não saber amar, me ensinou a me amar e a amar minha mãe. Minha filha, que é tanto para mim, mas tanto, que meu cinismo começa a ser rompido como uma nova bolsa membranosa que envolve um bebê. Vou fazer um parto ali, junto com a fotógrafa que me quer dançando pelada. E isso me faria rir, mas a vontade de chorar sai como um jato de libertação.

Quem vê as fotos diz que pareço outra pessoa. Não tem as marcas da proteção irônica no meu rosto. As rugas da minha força para estar no mundo protegida. Escrevemos "ESCREVER" no meu peito. E lembro que já vivo totalmente escancarada há tantos anos... Me doando há, pelo menos, vinte anos como um experimento literário. Minha autoinvestigação incessante para poder reafirmar diariamente que existo.

Por isso, por causa da extrema coragem de se contar, é que ao menos a minha figura física precisava de tantas capas e peles e invólucros. Mas agora, porque construímos esse ambiente juntas, consigo pensar: que baita gostosa eu sou!

Adriana Ferreira Silva

Ninguém verbalizou tão bem o que para mim foi o despertar para o feminismo do que a pesquisadora, professora e escritora Heloisa Buarque de Holanda. "Quando comecei a descobrir o feminismo, percebi que minha vida era horrível", disse ela, numa conversa que tivemos no início de 2021. O despertar de Heloisa aconteceu nos anos 1980, durante um período de estudos nos Estados Unidos, quando, segundo ela, percebeu ter "um marido abusivo", que os filhos "eram um perrengue" e, no trabalho, ela era "assediada o tempo todo".

Foi mais ou menos o que eu senti quando, em 2015, aos quarenta anos, fui arrastada por um tsunami de manifestações, que ficaria conhecido como a "primavera feminista", uma mobilização realizada por mulheres mais jovens – que, ao contrário da minha geração, entenderam mais cedo que as coisas não estavam nada bem.

Até então, eu nem pensava sobre o feminismo. Para mim, ele não existia. Era uma palavra no dicionário. Nunca tinha lido nada a respeito. Nenhuma amiga falava sobre o tema. Acreditava que minha rebeldia *punk* dava conta de me assegurar no mundo. Herdei os direitos conquistados pelas que vieram antes de mim como uma dádiva. Sou vítima de uma

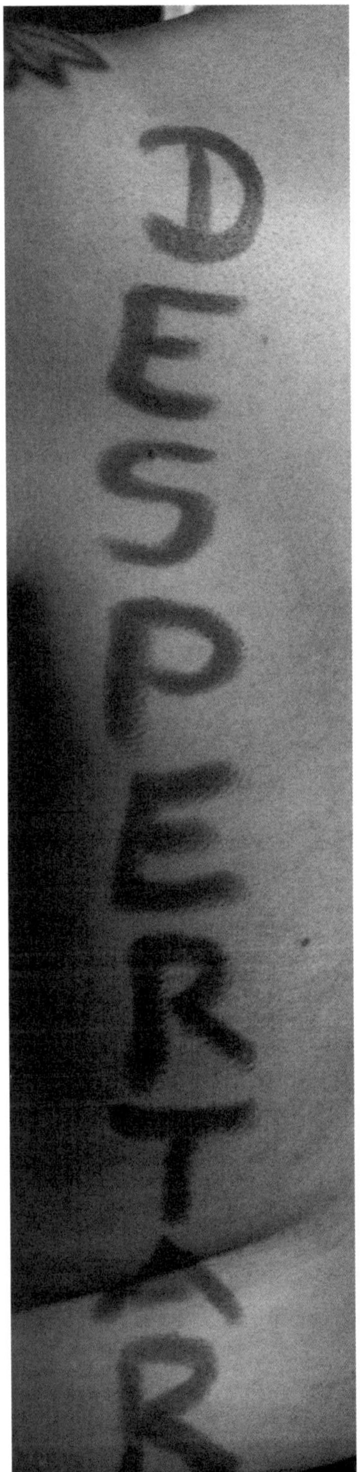

política neoliberal que se apropriou do feminismo e substituiu igualdade por meritocracia. Chegamos lá, mas a que preço?

Não há, portanto, outra palavra que defina tão bem o feminismo para mim do que "despertar". O feminismo e as feministas me acordaram de um sono profundo de quatro décadas. Um pesadelo em que todos os setores da vida, como disse Heloisa, do trabalho às relações familiares, eram marcados por opressões e desigualdades que ocorrem unicamente pelo fato de eu ser mulher. Nesse despertar, me vi cercada de feministas. Mulheres como minha mãe, dona Neuza, que lutou para que as filhas pudessem fazer tudo o que a ela foi proibido ou negado, e se refez diversas vezes ao longo dos anos, mesmo sem nunca saber o que é feminismo.

Sob o prisma do feminismo, entendi o quanto nós, mulheres, somos atravessadas por violências que restringem nosso acesso ao espaço público e nos tornam reféns de uma sociedade patriarcal que determina quais horários são apropriados para nos deslocarmos, como devemos nos comportar, que lugares podemos ou não frequentar e até a roupa que nos é permitido usar.

Após tirar esse véu cor-de-rosa que nublava meus olhos, despertei para a obrigação de honrar a luta das mulheres que vieram antes, e dar continuidade a ela, assumindo minhas responsabilidades como mulher e jornalista, me comprometendo a despertar muitas outras de nós.

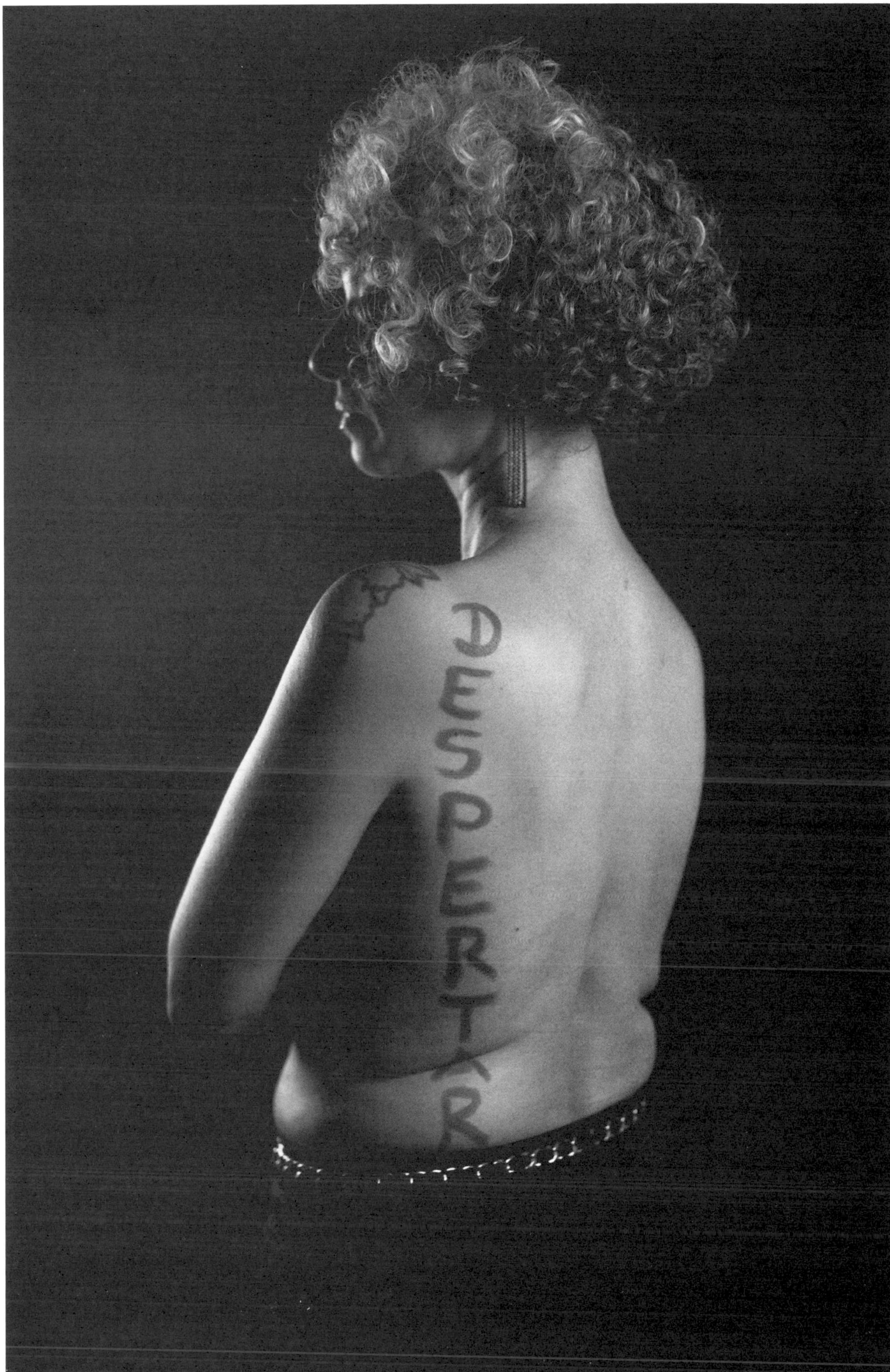
DESPERTAR

MÃE
TERRA

Sônia Guajajara

Sou a Sônia Guajajara. Nasci Sônia Bone, pertencente ao povo Tentehar / Guajajara. Tentehar significa "gente de verdade" e Guajajara, o nome que nos foi dado, significa "donos do cocar".

Ao longo da minha trajetória, a Sônia Guajajara foi tomando conta da luta pelo reconhecimento que recebi de meu povo, enquanto gente de verdade e do cocar como símbolo maior de nossa resistência secular.

Tenho muito orgulho de ser Tentehar, de ser Guajajara e de ser mulher. Mulher indígena! Orgulho porque as mulheres indígenas estão segurando a Mãe Terra no colo. Somos nós os principais esteios da luta pelos nossos territórios e, consequentemente, somos agentes cruciais ao combate às mudanças climáticas. Para cada litro de água pura que chega até a cidade, há uma mulher indígena garantindo a preservação de uma mata e uma nascente.

Queremos ver respeitado o nosso modo diferenciado de ver, de sentir, de ser e de viver os nossos territórios. Para nós, a perda do território é falta de afeto, trazendo tristeza profunda, atingindo nosso espírito. O sentimento da violação do território é como o de uma mãe que perde seu filho. É desperdício de vida. É perda do respeito e da cultura, é uma desonra aos nossos ancestrais, que foram responsáveis pela criação de tudo. É desrespeito aos que morreram pela terra. É a perda do sagrado e do sentido da vida.

Por muitos anos, vivi numa redoma, no meu mundo, conhecendo o meu povo e o meu território que sempre sofreu com a exploração ilegal de madeiras. Eu não sabia da luta de outros povos para garantir o reconhecimento de sua Terra. Isso me comoveu muito e, como eu não me canso de falar, o que me trouxe para linha de frente foi a Luta pela Terra!

« QUEREMOS VER RESPEITADO O NOSSO MODO DIFERENCIADO DE VER, DE SENTIR, DE SER E DE VIVER OS NOSSOS TERRITÓRIOS. »

MÃE TERRA

Não aguentei saber que no Brasil existem muitos povos que não têm territórios nem aldeias e que vivem em acampamentos e em retomadas à beira de estradas. Isso me marcou muito em 2001, quando participei do meu primeiro evento nacional indígena e escutei essa história a partir dos povos do Nordeste.

Vivemos tempos sombrios, nos quais vale mais o ronco da motosserra do que o barulho dos tambores, o estupro das meninas e mulheres do que a proteção da Mãe Terra, o veneno das lavouras do que a alimentação saudável, a contaminação de mercúrio do que a saúde das pessoas.

É tudo muito estranho para nós que entendemos o valor em vez do preço das coisas. É preciso mudar urgentemente esse modelo econômico centralizador e opressor que mata, desmata e polui os rios, e para isso é necessário reflorestar as mentes da humanidade, abrandar os corações e disseminar o amor. É preciso confiar e acreditar em indígenas aldeando a política para termos representação direta da Mãe Terra nos espaços de poder e decisão. Só assim é possível construir um mundo onde caibam todas as pessoas.

Reflorestar mentes para curar a humanidade e salvar a Mãe Terra!

Bruna Maia

É prescrição de comportamento para tudo: feche as pernas para sentar, mas abra as pernas quando seu marido quiser porque senão outra vai abrir. Não abra as pernas para qualquer um. Você está gorda agora. Você está magra demais e homem gosta de ter onde apertar. Homem não gosta de mulher ciumenta, mas ele se sente seguro e amado quando você tem uma crise de ciúme. Não vista essa roupa, pois ela é muito justa. Poxa, por que você só usa essas roupas desleixadas? Elas não te deixam *sexy*. Sorria, sorria e sorria! A curva mais bonita da mulher é o sorriso. Já se depilou hoje?

Já segui algumas. Cortei carboidrato, perdi o prazer de um macarrão. Me alimentei de sopas com gosto de talo de couve; diziam que era bom para secar. Fiz dieta de pacotinhos. Um pacote de Club Social no café da manhã, um miojo no almoço, um biscoito de goiaba à tarde, uma sopa em pó no jantar. Nada saudável, mas eram 800 calorias. Emagreci e minhas gengivas sangraram por causa da falta de vitaminas dessa dieta insana. Aí voltei para sopa de legumes batidos no liquidificador e para o frango com salada.

Não segui todas elas. Nunca fui doce, nunca gostei de cuidar, nunca quis ser mãe, sempre tive opiniões e as vociferei. Eu andava com os garotos no recreio da escola porque queria ser livre como eles eram para falar bobagem. Garotos eram mais legais do que garotas. O tempo provou que garotos são superficiais, garotos não gostam de garotas e garotas têm muita coisa acontecendo dentro delas. Elas são um mundo caudaloso que está fervendo e precisa explodir e espalhar pelo mundo o resultado dos séculos de esmagamento dos seus desejos.

Fomos domesticadas, ignoradas, expropriadas, exploradas. Gerações de raiva recalcada.

E por isso não quero igualdade. Quero vingança. Foram anos sendo assediada desde criança, com o uniforme da escola. Homens invadindo meu corpo. Me tocaram sem consentimento, não uma vez, mas várias vezes. Acham que sou difícil e agressiva por me comportar do jeito que é elogiado neles: objetiva, direta, assertiva. Caras sem talento e inteligência me explicaram coisas que eu havia dito. A sociedade me chama de gorda porque eu não tenho 1,75 de altura e 50 quilos. Fui cobrada, enlouquecida e loucurizada porque não era dócil como um labrador.

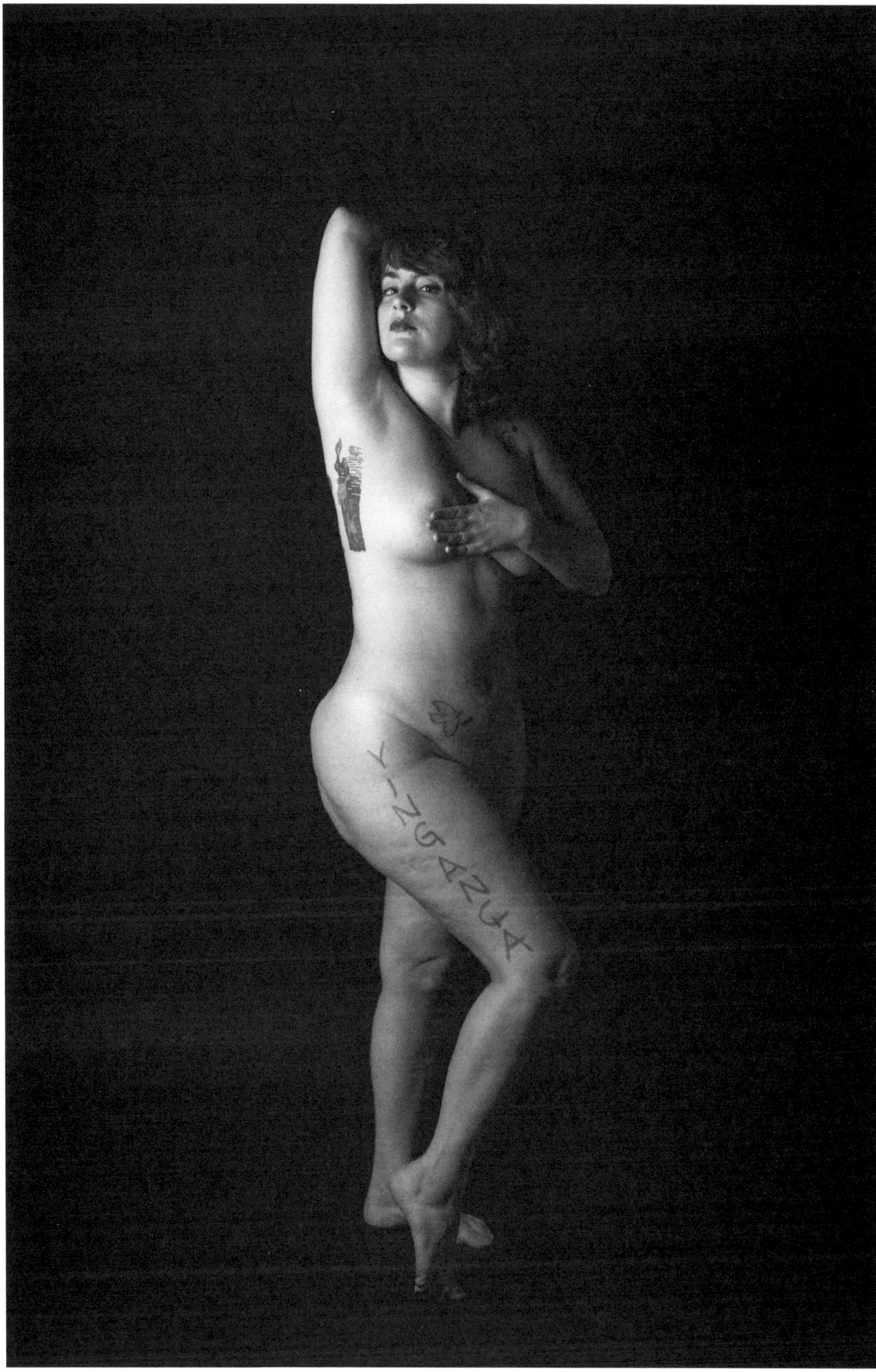

Para muitas mulheres, é pior. São mães, precisam cuidar não só dos filhos, mas também de seus maridos – caso eles ainda não as tenham abandonado com a prole, sem um tostão. O amor e o cuidado são apenas o que permitem a elas.

Minha rebeldia é não ficar calada. A arte e a capacidade de me expressar com clareza, além de uma boa dose de falta de filtro, me permitem falar o que penso e acredito que precisa ser dito. E quero que as mulheres façam a mesma coisa. Na pintura, na escrita, na música, no teatro, na conversa de bar e na discussão de relação.

Quero que as mulheres ajam. Se imponham. Que as mulheres que sofreram por causa dos homens não sofram sozinhas. Eles têm de sofrer. Se sofrerem um quarto do que nós sofremos, não vão aguentar, vão quebrar, vão se curvar. E nós? Nós não vamos cuidar, não vamos acolher. Eles que se tratem entre si e procurem ajuda especializada. É assim que o patriarcado vai ruir. Por meio da vingança e do constrangimento.

A nossa musa é Medeia, a mulher que não vai aceitar passivamente ser usada como instrumento para um homem virar herói. As nossas guerreiras vão ser as Orixás que não deixavam nada sair barato com quem se metia com elas. A nossa deusa é Kali. Ela vai destruir tudo, reduzir a cinzas. Então, vamos pegar o que sobrou e fazer concreto com os ossos dos algozes e o pó dos prédios espelhados que eles ergueram. E é daí que vai nascer o amor.

Sim, o amor é lindo, é necessário. Amar é legal.

Só que não somos amadas. Somos odiadas. O amor não bate, o amor não manipula, o amor não mata, o amor não destrói a autoestima, o amor não cala, o amor não explora. Vamos destruir esse amor que não é amor. Vamos fazer com que eles provem o gosto desse desamor.

Me permito ser utópica quando produzo. Seja como jornalista, cartunista, escritora ou artista plástica. Por que me limitar a apenas retratar a desgraça? Se não pudermos pensar num lugar melhor e fazê-lo acontecer, de que serve o feminismo? Somente para diagnóstico e elaboração?

Não. Feminismo é protesto, é revolta, é luta, é revolução. Feminismo é guerra.

É para transformar. Vamos honrar todas as ancestrais que sofreram emudecidas e nos espelhar nas que não aceitaram a mordaça.

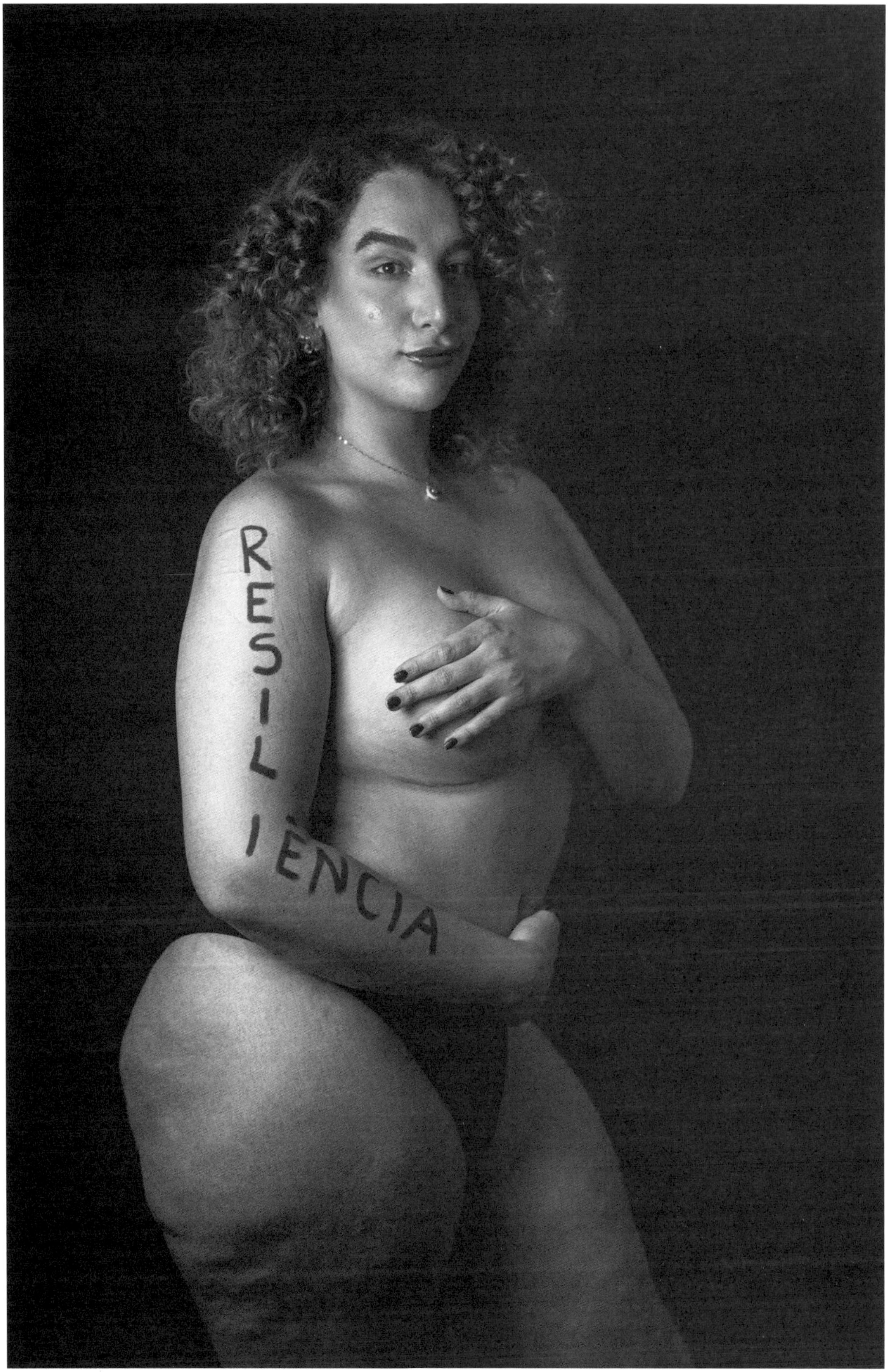
RESIL
IÊNCIA

Bryanna Nasck

Resiliência é a essência que permeia cada fibra da minha jornada como uma pessoa trans feminina.

Desde os primeiros momentos da minha consciência, fui confrontada com julgamentos e condenações por simplesmente ser quem sou. Na minha infância, a feminilidade que emergia naturalmente era alvo de humilhações, como se eu estivesse cometendo um erro ao apenas existir autenticamente.

Antes mesmo de entender plenamente minha identidade, a sociedade já delineava seus limites, sugerindo que eu não cabia em suas caixas pré-fabricadas. Era como se dissessem que não havia espaço para mim neste mundo, que minha verdadeira essência era uma incongruência indesejada.

Foi necessário um processo profundo de redefinição do significado de viver, uma jornada de autoconhecimento para compreender que a única guardiã da minha felicidade sou eu mesma. Aprendi, dolorosamente, que não posso permitir que o olhar alheio defina os contornos da minha existência, pois só eu conheço a agonia de desejar não acordar pela manhã.

Decidi que minha autenticidade e bem-estar não podem ser sacrificados em prol do conforto de outros. Não mais permitirei que as expectativas alheias moldem quem sou e como vivo. Minha existência transcende qualquer padrão imposto e estou determinada a não mais me curvar diante de normas que não me representam.

Sou resiliente, uma força imparável, resistindo às amarras de uma cultura, da sociedade e até mesmo da família que, por tanto tempo, tentaram me silenciar e moldar. Minha resiliência é minha afirmação de vida, minha ode à liberdade de ser quem sou, plenamente e sem concessões.

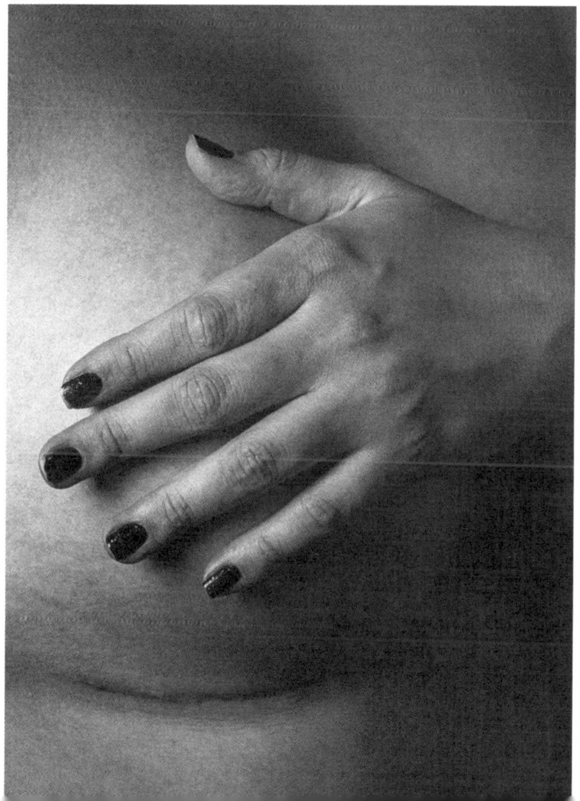

Carla Lemos

PODER. Qual o seu poder? O poder da autoridade ou o poder de permissão? Poder de conseguir o que se quer. Que poder você quer? Poder de se permitir querer. Poder de permitirem seu querer. Todos os significados que a palavra "poder" pode ter, tanto como verbo quanto substantivo, fazem sentido para quem eu sou hoje.

Mulher aprende muito cedo que não tem poder para muita coisa. A gente aprende que não pode. Não pode sentar de perna aberta. Não pode falar alto. Não pode. Para as mulheres, o poder, ou se permitir poder, é sempre uma grande conquista. Externa e interna, emocional, bruta, ancestral.

Como conta Mary Beard no livro *Mulheres e Poder*, "no ponto em que começam as provas escritas da cultura ocidental, as vozes femininas não eram ouvidas em âmbito público". O poder de uma mulher nunca é estável e ascendente. Basta uma distração para tirarem os poderes da gente.

O poder mudar o rumo das coisas. Poder mudar o rumo da nossa vida. Poder mudar o rumo da vida do planeta. A gente não é ensinada sobre o poder de transformação que nós temos. Mas eu escolhi poder. Poder querer mais para mim. Sentir meu próprio poder, me permitindo ser a versão de mim mesma que eu desconhecia. Ou será que eu já conhecia?

Poder é a minha palavra do momento. Poder é o meu verbo atual.

PODER
REBELDE
COM
CAUSA

PERTENCIMENTO

Maria Carolina

Pertencimento.
Do dicionário de português brasileiro: substantivo masculino.
(antigo) Do mesmo significado de pertença.
Ação de pertencer: sentimento de pertencimento.
Em italiano: *appartenenza*.

Mas eu sou encruzilhada. "Eu sou a p... de uma encruzilhada pelo bem da deusa". E ser encruzilhada (também) é poder ir e voltar, também é escolher caminho e retornar jornada. É ser quase rio. Aquele que é o mesmo, mas nunca é. Que bom aceitar-se várias, que honra entender-se muitas.

É assim que sou: a mulher-encruzilhada. A italiana nascida no Brasil, com esse tom de pele, esse cabelo tão exótico, brasileira-que-fala-tão--bem-italiano...

Mestiça. Mulata. É a pele que mostra a diferença. Na pele que se vê a diferença. É a pele que marca tudo o que é igual. [In]familiar.

Estar nas fronteiras-encruzilhadas permite *appartenere* a várias paragens e a inúmeras passagens (lindo seria se eles também se dessem conta disso – para que[m] tanto muro?).

Pertencimento é poder escolher, afetar[-se] e até decidir *despertencer* se quiser e fluir-vazar... Ser correnteza e se juntar às outras águas-irmãs. Ainda bem!

DECOLO
NI ZE
SE

Fabíola Oliveira

Quando eu entendi que o nosso modo de pensar, de vestir, de se comportar, se relacionar e se expressar vem de uma grande influência colonial, consegui elaborar melhor a forma como escolhi enxergar o mundo: compreendi que existiam padrões já estabelecidos e que acabei por seguir, muitas vezes sem questionar.

Mesmo questionando, existia outra forma de compreender o mundo que muitas vezes eu não acessava. Além de não acessar, eu seguia repetindo padrões estereotipados que temos sobre outros povos, culturas e crenças, como se existisse uma certa superioridade nas minhas escolhas e as outras não fossem tão valiosas assim.

Tempos depois, descobri que isso tinha um nome, era histórico e que eu alimentava um olhar preconceituoso sobre o outro. Foi daí que me permiti acessar outras pessoas, morei fora e convivi com outros povos, línguas e culturas. Entendi que somos multiétnicos e cada pessoa tem uma forma de se comunicar com o mundo.

Na minha fase adulta, consegui acessar a minha essência, minha ancestralidade e traçar uma jornada espiritual que me transcendesse. A forma como me expresso hoje é por uma influência que me faz sentir pertencida e contemplada.

Durante a minha jornada espiritual e de posicionamento político, questionei também o feminismo que não alcançava a maioria das mulheres, um movimento de mulheres unidas, mas que repetia o mesmo pensamento do patriarcalismo, de negar as experiências de outras mulheres, de não entender as interseccionalidades e diversidade de vivências.

Hoje vejo que é sempre importante repensarmos a forma como nos afirmamos na sociedade e se isso de algum modo não oprime outras formas de pensar, como bem diz Françoise Vergès em *Feminismo Decolonial*: "a opressão não é somente a masculina mas também de povos em cima dos outros". Eu levo essa frase para a vida, porque o pensamento também é uma forma de dominação e controle, e se estamos controlando com o discurso de que para ser livre é preciso estar descoberta, a gente não está alcançando as mulheres que entendem liberdade de outra forma.

E aqui não estou defendendo teocracias e autoridades com falas odiosas. Eu defendo a voz da mulher, como ela quer se expressar no mundo, de lenço ou sem, de vestido longo

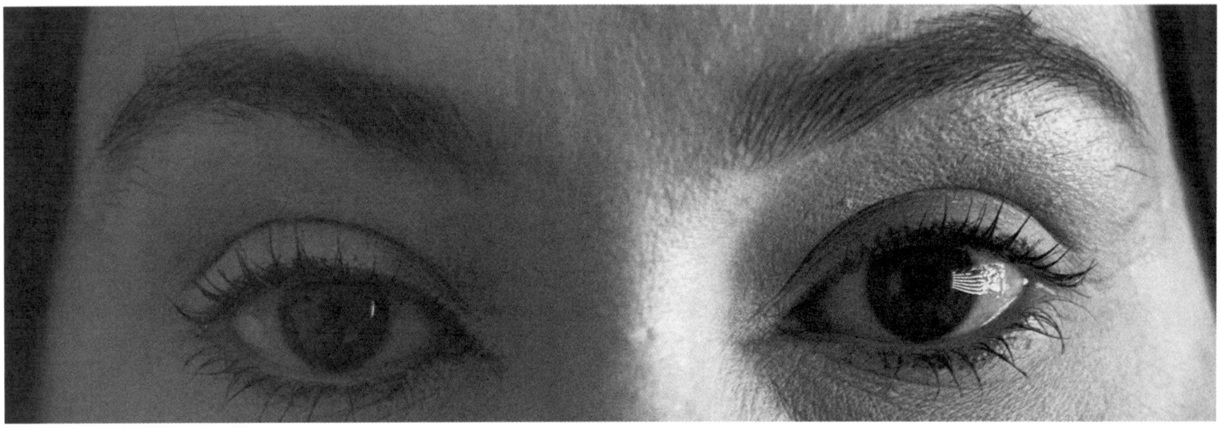

ou curto, o que importa é a decisão dela em cima do seu próprio corpo. Por isso a palavra é "decolonize-se", para que possamos entender as pessoas a partir da história delas e não a partir de uma história mal contada, carregada de incompreensão, descrédito e domínio sobre os variados tipos de vivências.

Usam "desconstruir" para dizer que aquilo que aprendemos não é o correto, mas tudo aquilo que se constrói também se destrói e pode ser erguido novamente. Já "decolonizar" traz o sentimento político, filosófico, de luta, e com ele a gente não apenas desconstrói o que foi arquitetado nas nossas mentes, mas questiona todos os modelos que foram impostos, que vieram de caravelas, ou seja, não são formatos nossos, não são nativos, não fomos nós que construímos, porém foram colonizados.

A luta anticolonial deve ser uma luta de todas que queiram questionar os moldes patriarcais de se relacionar, expressar e pensar, para promover vivências de outras mulheres que foram marginalizadas e silenciadas durante muito tempo. Aqui eu trago toda a força da minha ancestralidade e as vozes de mulheres que não puderam ser ouvidas, mas gritaram em silêncio e seguiram com o protocolo da feminilidade, muitas vezes performando algo que não era natural.

Afinal, a carga sempre foi esta: pressão psicológica em cima dos nossos corpos, vestimentas e comportamentos, o que deveríamos fazer, o que não deveríamos fazer. A cada dia que se passava, essa pressão aumentava com o cabelo ideal, o corpo ideal e os modos corretos. Quando o compromisso da espiritualidade chegou a mim, essa pressão foi embora, mas trouxe o desgaste de ser a diferente na sociedade, a estranha de "lá" que anda coberta.

Muitas vezes, todas essas afirmações não me foram perguntadas e sim vindas de um conceito que entende que a mulher só atinge a liberdade quando está com certas "roupas" que foram processadas para o bem-estar masculino, ou seja, mulheres cobertas ou não cobertas vivem lutando pelas suas existências. Se há diversas existências de mulheres, lutemos por todas elas, sem questioná-las, sobrando somente o questionamento ao patriarcado.

Então, decolonizar meu olhar aos afetos, sentimentos e modos como as pessoas se expressam me fez entender que posso ser aquilo que me faz bem e me faz me sentir. É seguro me sentir, é seguro me expressar da forma que eu quiser.

Giovanna Madaloso

ALÍVIO

Como uma gueixa perdida em outro hemisfério, minha mãe calça 36, mas só usa sapatos 35.

Meus pés nunca foram reprimidos, minha mão quase foi. Quando eu tinha cinco anos, sugeriram que meus pais amarrassem a esquerda para que eu desenvolvesse a outra, já que não era bem visto ser canhota por aquelas bandas.

Minha magreza era problema. Meu nariz era problema. Com catorze anos, ganhei algumas curvas, mas não foi o bastante. Um colega de escola disse para todos ouvirem: "a Giovanna é como um camarão; para comer é preciso tirar a cabeça". Não me lembro de condenarem o que ele falou, mas de me recomendarem uma plástica para diminuir o nariz.

Não era só o nariz. Minha pele não era branca o bastante. Minha boca era roxa demais.

Minhas mãos, grandes, não eram consideradas femininas. Deveriam ser colocadas para atrás ou dentro dos bolsos na hora das fotos.

Meus pés também deveriam ser escondidos. Tinham calos do balé. Um pouco de joanete. "Homens não gostam de joanete". E a minha unha do dedão, considerada grande demais, não deveria ser pintada de cores fortes para não chamar atenção.

Durante anos, alisei os cabelos. Quase incendiei a casa por causa de uma chapinha. Derrubei a luz de toda uma pousada por causa da voltagem errada de um secador.

« DOEU NASCER DE NOVO,
MAS DEPOIS FOI UM ALÍVIO. »

ALÍVIO

Quando morei fora do Brasil, ganhei peso. Em inglês, meu corpo era bonito; em português, a minha beleza foi traduzida para "baleia".

Como se a minha carne fosse uma oferenda, sacrifiquei-a em calças skinny, saltos altos, saltos finos, cintas modeladoras, sutiãs com aro, corpetes, fios encravados na bunda, rendas ásperas na vulva.

Fui queimada com cera quente. Levei tapas da depiladora para aliviar a ardência.

Fiz regimes. Enchi meu corpo de remédios e aspartame.

Quando finalmente cheguei ao peso considerado ideal para a minha altura, ouvi que estava magra demais. Que meus seios tinham ficado murchos.

Passei a usar sutiã com enchimento. Me sugeriram colocar silicone.

Coloquei.

Me arrependi – eu nunca quis ter seios grandes, eu só queria me amar.

Um tempo depois, engravidei. Tive minha barriga cortada por um bisturi.

Meus seios foram sugados, feridos e rompidos por uma pequena boca faminta, mas as pessoas só perguntavam quantos quilos ganhei na gravidez e quantos eu já tinha perdido.

Ser mãe de mulher me transformou. Ler *O Segundo Sexo* me transformou. Apanhar de um homem que acreditava ser dono do meu corpo me transformou.

Ele não era dono do meu corpo, tampouco eu.

Eu só passei a ser aos trinta e oito anos.

Doeu nascer de novo, mas depois foi um alívio.

Desde então, tenho um sonho: que minha mãe use sapatos 36.

E venha dançar descalça comigo.

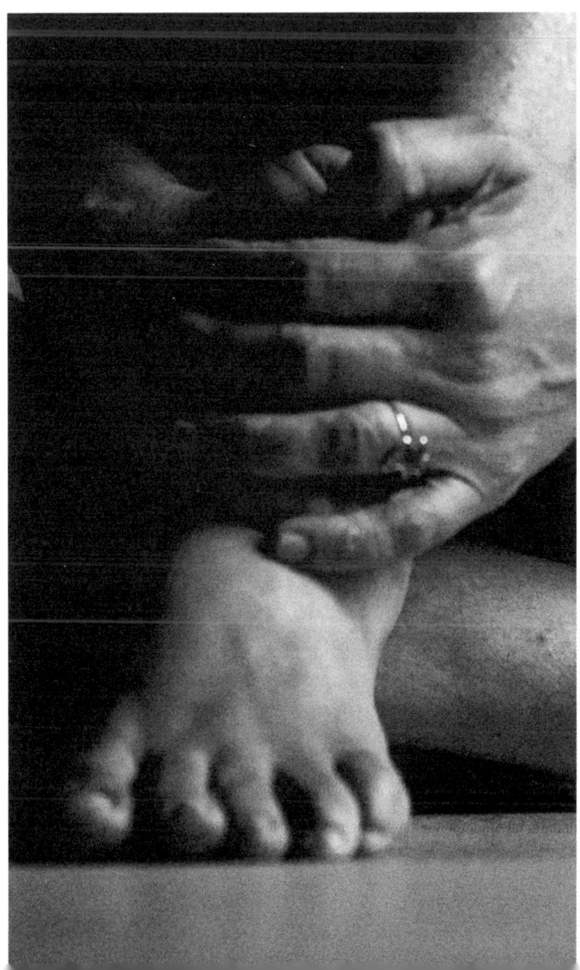

FÚRIA

Iana Villela

Eu cresci com um irmão dois anos mais velho do que eu e lembro, desde cedo, o que é sentir a fúria queimando as veias feito lava, fervendo o peito, esquentando o rosto.

Fosse por uma boneca vilipendiada, rasgada, riscada, ou por um cascudo sem motivo, reagir nunca foi uma opção. Eu precisava ser boa. Obediente. Doce. Os predicados que minha mãe elogiava em mim. Uma lista sem fim de características brandas que não acalmavam a minha fúria diante das injustiças; apenas muravam os escapes possíveis e, sem saída, eu chorava.

Chorar é nobre e necessário. Também é o único descontrole permitido às mulheres. Na ficção, na vida, os homens gritam, e lutam, e dão um tabefe na cara do outro enquanto as mulheres apenas derramam rios de lágrimas, esperando que um cara gentil ofereça um lenço. Um colo. Um casamento. Uma salvação daquela dor.

Cresci chorona e amadureci quando entendi que essa não precisa ser a única comporta possível. O choro de emoção ou de tristeza é poderoso, purifica as narinas, o pulmão, nos permite respirar de novo, mas quando o desrespeito rala nosso rosto feito chapisco, o choro não dá conta, porque o que sentimos não é tristeza. É afronta. É raiva. É fúria incendiária. Esse despertar veio de forma violenta, quando acertei uma bota na cabeça do meu irmão. Quando fiquei um mês sem dirigir a palavra a ele, antes de colocar os pés na adolescência. Ali, eu aprendi sobre raiva e ele aprendeu sobre consequências.

Este não é um manifesto de distribuição de tapas e sim um manifesto sobre trocos. A devolução do desconforto, o enfrentamento do absurdo com a propulsão furiosa que esse sentimento nos dá. É largar de mão o que vão pensar da gente, do trono de boa moça, da faixa de miss queridinha, não para largar a mão na cara do outro, mas para abraçar nosso núcleo e usar nossa voz honrando todas que calaram a própria raiva com lágrimas.

Hoje, não jogo sapatos nas pessoas. Entendo de onde vem a raiva, questiono aberta e publicamente quem tenta aguar meu molho. Chamo a responsabilidade em alto e bom som. Às vezes, um pouco alto demais.

Como disse Agnes Varda, "eu tentei ser uma feminista alegre, mas eu estava furiosa".

Kiran

nos meus vestígios ancestrais orbitam destroços, dores, lágrimas, sonhos e sangues; que vão moldando um corpo/território de imaginação radical... renascendo.
em renascimento as ritualísticas coletivas transformam a minha subjetividade com afago e potência.

vida!

para começar, um rezo.
um rezo para começar...
um começo com rezo,
é um rezo!
em sussurros, as mandingas de proteção são ventos que sopram o invisível. e os quebrantos se tornam caminhos atravessados.
peço licença e bença no encruzo das escolhas...

esquinas que se alargam nas perspectivas de uma experiência legítima, contornadas na dimensão do que vem a ser.

mistério!

vestida na capoeira – o pausar de passos – de quem já conhece as encruzilhadas como uma aliada.

silêncio!

fecho os meus olhos para enxergar através de olhares plurais que permeiam memórias, lugares, sabores, cores, aromas, folhas e amor.
fecho os meus olhos para compreender com intuição os caminhos a serem dançados... nas confluências ritmadas de um coração que se abre ao grande mistério. em cada passo há uma ritualística...
sou continuação, chão, pó e água; poeira contínua de estradas e mares.
atravesso os caminhos...
um rezo para começar os caminhos.

caminhos!

CAMINHOS

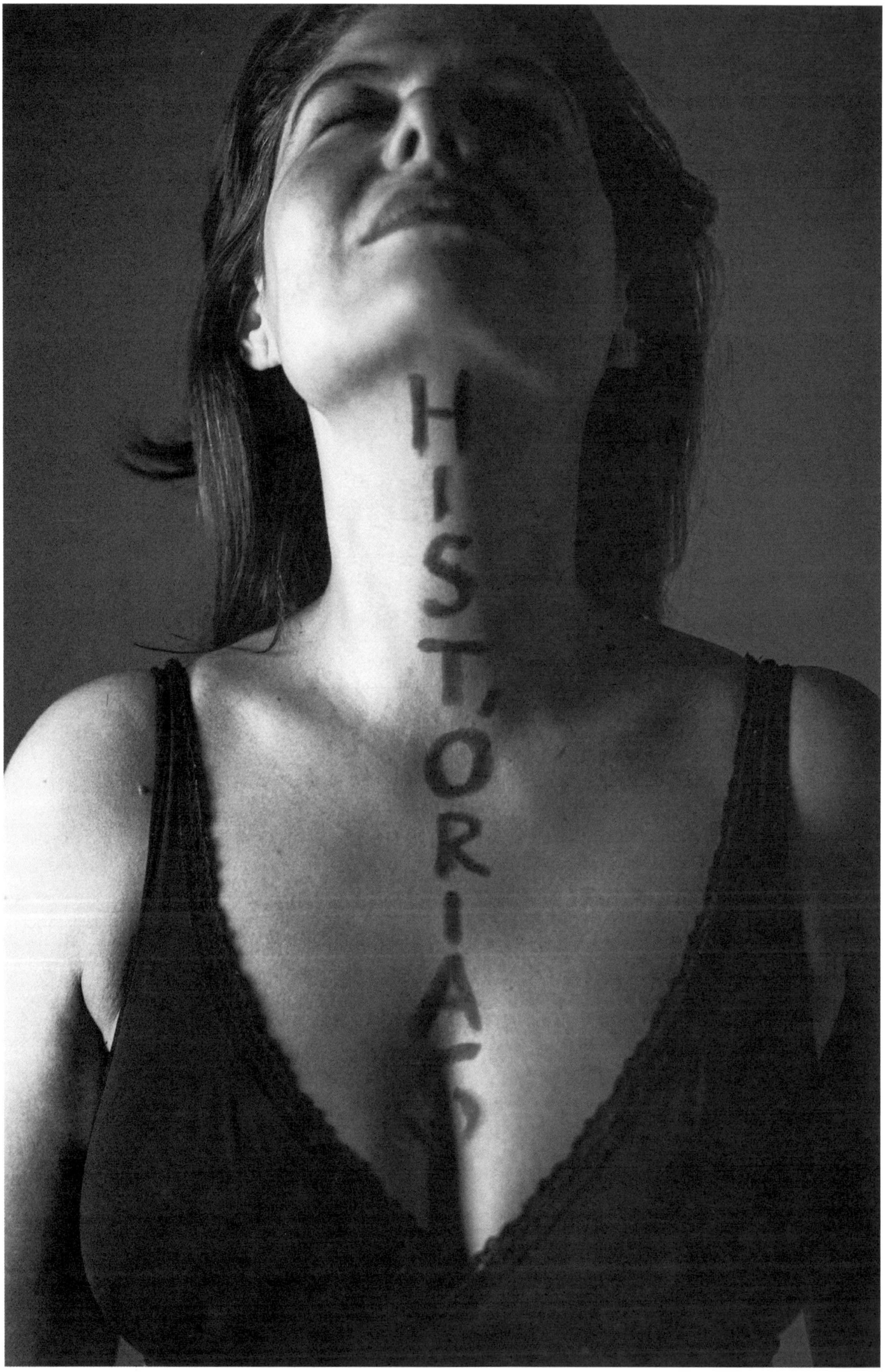
HISTÓRIAS

Juliana de Faria

Passei por toda a pandemia me perguntando como, após tantos desafios presentes (somados aos históricos), conseguiríamos refazer as tramas do nosso tecido social, tão dolorosamente esgarçado.

A resposta, no fim, não poderia estar mais na ponta da língua de uma comunicadora: a reverberação das nossas histórias e o fortalecimento das nossas memórias – pilares de interesse que me levaram a cursar jornalismo. Veja só, formação que deu início à minha própria história.

Afinal, as histórias estão por trás de tudo na vida e é por meio delas que compreendemos a realidade.

Elas são maiores do que eu ou você: vêm antes de cada um de nós e são passadas de geração para geração, nos ajudando a distinguir o que é importante e o que não é.

As histórias nos ajudam a interpretar o mundo e nos fornecem roteiros para que saibamos como agir sobre ele.

Quando há clareza sobre a nossa própria história, passamos a entender sobre nossa força, nosso lugar no agora, e para onde queremos ir. E, se bem contada, também pode ser o ponto de partida da criação da história de outro alguém.

As histórias têm o poder de criar um único fio a partir dos nossos pontos em comum de humanidade. Elas também são capazes de aproximar, e por que não, costurar nossas diferenças, transformando-as em potências.

O que seria de nós sem as nossas histórias?

O que seriam das nossas histórias sem a nossa comunidade?

« NÃO TENHA MEDO DA SUA HISTÓRIA. NÃO TENHA MEDO DE CONTÁ-LA EM VOZ ALTA, NEM DE REGISTRÁ-LA EM PALAVRAS. »

Nenhuma de nós precisa – ou deve – ser definida pelo passado. Mas é olhando para trás que conseguimos compreender a nossa jornada, viver bem o presente e criar o futuro a que queremos chegar.

Eu amo escutar as histórias das pessoas. E gosto ainda mais de ajudá-las a contá-las a melhor versão de suas vivências, experiências, alegrias, dores, sonhos e esperanças.

Mas tenho dificuldade de fazer o mesmo com as minhas, confesso. Compreendi ser comum, pois, citando José Saramago, "é preciso sair da ilha para ver a ilha". Ou seja: não dá para nos entendermos enquanto indivíduos sem o coletivo. O olhar da outra, quando gentil, acolhedor e honesto, nos dá contorno. E, fortalecidas sobre quem somos, fazemos o mesmo pela próxima.

Não tenha medo da sua história.

Não tenha medo de contá-la em voz alta, nem de registrá-la em palavras.

Faça por generosidade a você mesma. E pelas que vieram antes e pelas que virão depois.

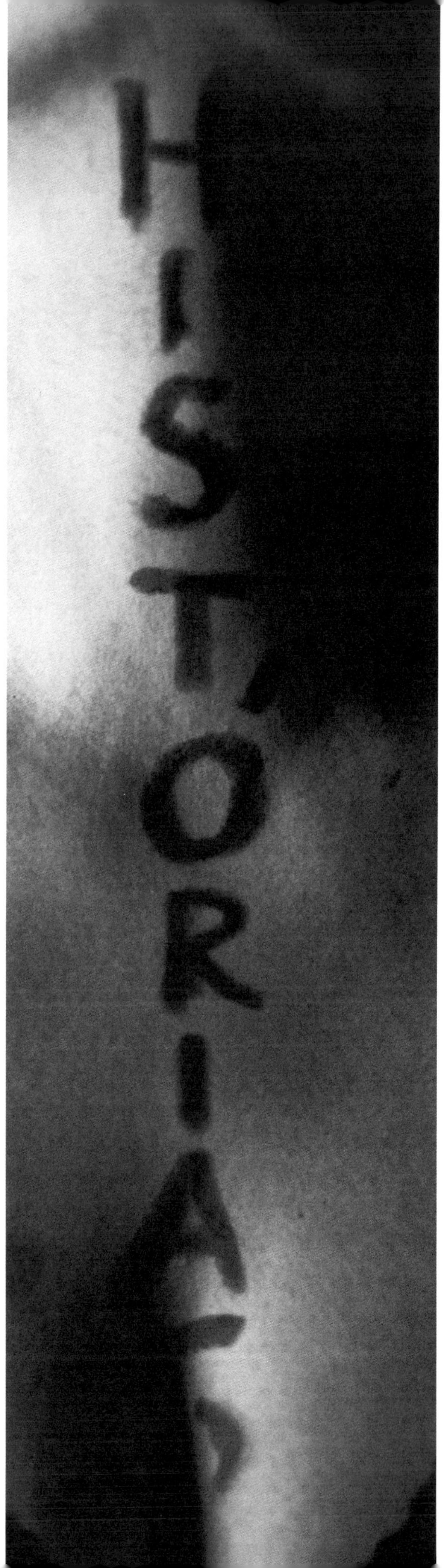

Rafaela Pedrosa

Cresci sentindo que eu tinha que ser boa. Boa filha, boa aluna, boa irmã. Na minha infância, fui infestada de falas como "seja boazinha", "se comporte", "seja educada", "é feio fazer isso".

É tanta adequação em cima da mulher que cansa!

E essa não é somente a minha história.

É a história de todas nós!

E, convenhamos, isso não nos prepara para nos relacionarmos e muito menos para lidarmos com o sistema patriarcal, misógino e machista em que vivemos.

Hoje consigo ver a inocência e a beleza da minha jovem adulta que estava tentando o seu melhor para amar e ser amada, mas, por muito tempo, cheguei a perder a confiança em mim mesma e a duvidar das minhas escolhas em todos os âmbitos, o que culminou em ansiedade, *burnout* e depressão.

Nos últimos sete anos, realmente fiquei com muita raiva dos homens!

Mas muita raiva mesmo.

Aquela raiva que dá preguiça, e que só sabe ser reativa, defensiva e crítica!

Depois, mais a fundo, vi que fiquei com muita raiva de mim mesma por ter vivido o que passei.

E até o que eu vou compartilhar aqui foi "tudo bem", entre aspas, durante a infância e a pré-adolescência. O que realmente complicou mesmo foi quando chegaram as relações amorosas.

Vivenciei diversas relações abusivas que passaram por violência física e psicológica, manipulação, perseguição, ameaça de morte, violações e desrespeito contra meu corpo.

Hoje eu sei que esse é um retrato do que a maioria das mulheres passa cotidianamente no Brasil – com um parênteses aqui – porque sou uma mulher branca e dentro dos padrões, ou seja, mal posso imaginar a intensidade da violência que uma mulher negra, indígena, gorda ou de periferia enfrenta.

É muito triste.

Sem contar, claro, que a gente tem que trabalhar!

E aqui nós também sofremos com violência psicológica, assédio sexual, *mansplaining* e todo tipo de preconceito só por ser mulheres.

Claro que fui alvo também de tudo isso!

Trabalhei nove anos no mercado de tecnologia, um segmento predominantemente dominado por homens.

Com o passar do tempo, é muita raiva acumulada mesmo!

Que preguiça da prepotência, do egocentrismo, da falta de sensibilidade e consciência dos homens!

Olho para trás e entendo que realmente precisei passar sete anos com muita raiva deles, pois eu estava digerindo tudo o que aconteceu!

Sabe quando você vive certas situações de abuso e nem se dá conta na hora? Só cai a ficha depois! Vivi várias situações assim.

Então a digestão foi lenta e gradual.

Até mesmo com a agressão física e emocional.

E os limites corporais que foram desrespeitados na hora do sexo.

Todo esse processamento e entendimento vieram depois com a reflexão do que aconteceu, busca de informação, estudo, leitura, conversas com outras mulheres e muita, mas muita terapia!

Hoje eu sei que existem diversos lugares perversos na mente da gente que, ou não se dá conta do abuso no momento, ou em alguma instância acredita que o amor passa por essas turbulências e em algum nível "acha normal".

É surreal.

Porque as consequências dos abusos, mesmo depois de anos, ainda vivem dentro de mim.

Talvez as consequências mais impactantes e profundas sejam a falta de confiança em mim mesma, confiança que demorei a reconstruir, e o desafio de confiar e me abrir de novo para as relações, algo que até hoje é desafiador!

Olho para trás e consigo lançar um olhar de compaixão por mim mesma, porque realmente eu não fazia ideia, nem havia sido ensinada e muito menos treinada a lidar com a minha raiva, com a minha individualidade, com o "não" e com os meus limites.

O sistema não nos incentiva a buscarmos nossa independência, não nos ensina a dizermos "não" e a respeitarmos nossos próprios corpos. A consequência é simplesmente desastrosa.

Debbie Ford, em um de seus livros, explica que a raiva nos protege de mais dor, porque ela nos alerta de que algo está em desequilíbrio, ou nos movimenta para uma ação ou defesa em prol de nós mesmos.

Quando li isso, meu mundo virou!

Eu nunca havia compreendido a importância e/ou a beleza de sentir a raiva.

Minha mãe dizia que eu tinha que ser boazinha, e assim fui.

Hoje sei que a raiva me ensina, me empodera e me protege!

Sou grata a ela!

Pois ela fez parte de mim nesse passado dolorido.

Mas ela também fará parte de mim, na minha versão do futuro que sabe se defender e se proteger.

RAIVA

IRA

Sofia Menegon

IRA. Em letras garrafais, porque não existe IRA pequena, singela, sutil. Não sou sutil. Sou imensa. E fui imensamente calada, silenciada, forjada a menina serena, doce, meiga. Enclausurada dentro do meu próprio corpo enrijecido, entorpecido, interrompido.

Ainda na infância, fui condenada a viver sozinha por deixar escapar lampejos da minha imensidão. “Ninguém vai te querer assim”, “você nunca vai ter amigos”, “vai morrer sozinha”. E eu acreditei.

Surrei a ira em mim. Soterrei. Escondi. E, ao sepultá-la, sepultei-me. Sem ela, perdi o movimento que me permitia fluir pela vida. Deixei-me dissolver, misturar, disfarçar na multidão de pessoas anestesiadas, também disfarçadas e cercadas. Cercamo-nos de gente para prender quem somos e assim manter a ordem.

Ira não é ordem. Não é acalento. Não é docilidade.

Esbarrei com o feminismo na juventude. Um encontro que (des)embrulhou o estômago e fez revolução em mim. Mas antes de me fazer eclodir, me fez fugir. Quem seria eu se não quem fui moldada? Quem seria eu sem o exoesqueleto, sem meu mimetismo, sem as certezas que me foram costuradas?

Aqueci, aumentei, expandi, explodi. Aquilo que estava guardado por tanto tempo dentro das minhas entranhas entrou em combustão e se alastrou por cada milímetro de quem sou.

Irada respirei, fluí, gritei, me reconheci. Não sou sutil. Sou imensa.

O feminismo acordou a ira que sempre viveu em mim. Essa ira asquerosa e fascinante, sem a qual não há movimento ou revolução.

AUTONOMIA

Carol Ito

Sou Carol Ito, quadrinista e jornalista. Busco com meu trabalho fomentar debates voltados especialmente aos direitos das mulheres. Talvez por conta disso, eu me senti conectada às obras de Maria Ribeiro, que venho acompanhando há alguns anos.

O primeiro contato foi por meio de uma entrevista que fiz com a fotógrafa quando era repórter na revista *Tpm*. Na ocasião, nós nos encontramos em um bar no Centro de São Paulo e passamos horas papeando sobre a vida e sobre os obstáculos que enfrentamos enquanto mulheres, profissionais e artistas num mundo em que os homens – sobretudo os que estão no topo da cadeia dos privilégios, ou seja, os brancos, ricos, heterossexuais e cisgêneros – ocupam a maioria das posições de poder. Imaginem o quanto esse assunto rendeu.

Hoje tenho a sorte de ter Maria na minha vida como amiga e pessoa com quem compartilho uma infinidade de alegrias, angústias, rolês e, claro, memes de gosto duvidoso. Desde o nosso primeiro encontro em 2018, vivemos uma série de avanços e retrocessos nos campos político e cultural, tivemos conquistas profissionais, novos e velhos problemas para nos manter como autônomas trabalhando com aquilo em que acreditamos. Mas certamente uma coisa nunca mudou: a nossa indignação quanto à predominância do olhar masculino nas mais diversas camadas da vida social. De um lado, sigo tentando me consolidar como quadrinista em uma área pouco permeável à ascensão de mulheres e enfrentando uma série de avaliações machistas sobre meu trabalho; Maria, por sua vez, acompanha em cada vivência fotográfica a dor de mulheres que aprenderam a odiar seus corpos em nome de supostos padrões de beleza, manipulados pelo ventríloquo sádico do patriarcado.

Às vezes, comentamos o quanto nos sentimos exaustas e à beira de um colapso nervoso nessa ciranda que é combater o poder do olhar masculino em nossos trabalhos, nos relacionamentos, na forma como nos enxergamos em frente ao espelho, em como construímos nossa autoestima aos trancos e barrancos. Imagina como é para mulheres em condições mais vulneráveis do que a nossa! Sim, é cansativo, mas resistimos e seguimos em busca de aliadas, aliados e aliades para que outras construções de mundo possam

AUTONOMIA

emergir num lugar mais diverso, democrático e saudável (pelo-amor-da-deusa!).

Sem mais delongas, vou dizer porque escolhi a palavra "autonomia" para compor meu retrato. Ela representa uma série de revoluções internas e externas promovidas pela minha experiência (e acredito que pela experiência de muitas outras mulheres) com o feminismo: autonomia em relação ao próprio corpo, sexualidade, escolhas afetivas, caminhos intelectuais e profissionais. E sem perder de vista que essa ideia de autonomia precisa ser compartilhada, consolidada e vivida por todas as mulheres, sobretudo as que enfrentam mais obstáculos ligados aos preconceitos de gênero, raça e classe.

Não faz nem uma década que entrei em contato com as primeiras leituras e experiências dentro do feminismo e esse movimento me ajudou a ver o quanto a autonomia nos foi negada, o quanto insistem na ideia de que dependemos dos homens e de que somos obrigadas a conviver com os abusos que decorrem dessa lógica perversa. Não, não somos obrigadas. Não somos obrigadas a fazer com que nossos corpos, afetos e ideias agradem ao olhar masculino, nem nos submeter ao julgamento do patriarcado dia após dia.

É uma guerra cansativa contra nós mesmas, ou melhor, contra aquilo que nos foi ensinado por toda a vida, contra o que disseram que deveríamos ser ou fazer para sermos aceitas como mulheres dóceis, belas, magras, discretas, complacentes, leves (esse último adjetivo, inclusive, é que me dá mais ranço! Quem é que pode ser leve nesse mundo bizarro e cheio de desigualdades?). Meu desejo é que possamos cada vez mais acordar no *mood* da saudosa e icônica Rita Lee: "Um belo dia resolvi mudar e fazer tudo o que eu queria fazer...".

Para mim, essa é a ideia de "autonomia" real, na carne, como bem capturaram as lentes sensíveis de Maria Ribeiro.

Helô D'Angelo

Eu sou a Helô D'Angelo, sou ilustradora e quadrinista, atualmente autora de quatro livros em quadrinhos: *Isolamento*, *Dora e a gata*, *Nos olhos de quem vê* e *Pequeno manual de defesa pessoal* (e, se tudo der certo, vem mais por aí). Meu trabalho é focado em questões ligadas ao feminino e a direitos humanos em geral, fazendo uma ponte com política como um todo, e também com cotidiano e saúde mental. Moro em São Paulo, tenho vinte e oito anos no momento em que escrevo este texto, e posso dizer que, como foi para muitas outras pessoas, a comunidade feminista me salvou. Mas eu chego lá.

Sou uma mulher branca do Sudeste, então entendo que, mesmo sofrendo opressões ligadas ao gênero, nasci com muitos privilégios. Sempre que me apresento demarco essa realidade, pois não acho que dê para ignorar. Vira uma coisa meio meritocrática, meio alienada, e não é esse o ponto da luta feminista. Enfim, falo deste lugar que me colocou em tantos outros lugares, mas que também me negou outros acessos.

Nasci e me criei em São Paulo, em um bairro de classe média, e sempre fui muito protegida. Na adolescência, era superalienada, não acreditava em feminismo, achava que era coisa de mulher mal-amada (ao mesmo tempo em que temia não ser uma mulher desejada por homens, imagine só). Foi só quando terminei a escola, ali em 2011, que comecei a andar de ônibus, a conhecer pessoas de outros bairros, de outras realidades, e essa nova experiência me colocou para refletir sobre meu lugar, sobre quais lugares eu ocupava, e sobre quais não conseguia ocupar.

Eu sempre quis muito trabalhar com arte, especificamente com histórias em quadrinhos. Mas não sabia como. Todos os artistas de quadrinhos que eu conhecia então eram homens, brancos, todos muito mais velhos do que eu, e eu não me sentia confortável para tentar um contato com eles e tirar minhas dúvidas – até porque muitos deles representavam e representam mulheres de uma forma bem machista. Fazer uma faculdade de artes ou design me parecia uma realidade muito distante, até porque eu não conhecia ninguém que tivesse ido por esse lado. Então, tentei sem sucesso passar em arquitetura na FAUUSP, e depois acabei optando por cursar jornalismo, meio resignada.

COMUNI
DADE

« ENTENDI MEUS PRIVILÉGIOS AOS POUCOS, RECONHECI MEU LUGAR, E PUDE ENTÃO COMEÇAR A LUTAR PARA OCUPAR NOVOS ESPAÇOS, E PARA AJUDAR A GARANTIR ESPAÇOS PARA AS PESSOAS QUE SÃO MINHAS COMPANHEIRAS DE LUTA. »

Essa época me dá agonia de lembrar. Eu me sentia insegura sobre tudo, pois ali na faculdade de jornalismo todo mundo tinha um objetivo, como ser repórter de TV ou crítico de cinema, e eu não tinha nenhum sonho do tipo. Na verdade, me dava ansiedade pensar nesse tipo de sonho. Sem ter muita noção de nada, comecei a frequentar as reuniões da Frente Feminista da faculdade, e me lembro que foi um alívio. Ali discutíamos não só questões profissionais que me afligiam, como também várias experiências que tínhamos, relacionadas a ser mulher e às nossas opressões.

Aos poucos, comecei a estudar o tema e a me interessar cada vez mais por esse universo. Eu me radicalizei, e por um período me tornei feminista radical, algo de que não me orgulho nem um pouco – eu era nova, era fácil ser cooptada por um pensamento tão simplório e excludente. Depois, estudando mais, entrando em contato com pessoas trans, entendi como o feminismo deve ser interseccional, ou não é nada. Hoje me vejo como feminista interseccional.

Foi estudando feminismo que também entrei em contato com outras lutas por direitos humanos: a luta antirracista, a luta anticapacitista, a luta por moradia e por terras, e a luta contra a LGBTfobia (aliás, foi no meio desse aprendizado que também que me descobri bissexual), entre tantas outras. Entendi meus privilégios aos poucos, reconheci meu lugar, e pude então começar a lutar para ocupar novos espaços, e para ajudar a garantir espaços para as pessoas que são minhas companheiras de luta.

Em 2018, quando (alerta de gatilho!) Bolsonaro estava para ser eleito presidente, comecei uma série de quadrinhos com as propostas de Haddad para a presidência, comparando com as propostas de Bolsonaro (inexistentes). Esse processo me trouxe muita visibilidade. E foi ele que me alavancou, junto com minha primeira *webcomic*, *Dora e a gata*, para o lugar de onde falo hoje – autora de quadrinhos políticos. Isso moldou minha carreira e minha percepção do mundo.

Também é importante contar que, dos vinte aos vinte e oito anos, estive presa em um relacionamento tóxico com um homem que minou minha autoestima. Esse relacionamento quase me apagou, ao longo de quase uma década inteira, nos meus anos formativos, alguns dos mais importantes da minha vida. Nesse relacionamento, me doei completamente, sempre focada no meu namorado, no "amor" que achava que havia ali – mas, na primeira oportunidade, ele me dispensou para se casar com outra mulher e morar em outro país.

Foi a comunidade feminista que me salvou. Sem minhas amigas, minhes amigues e meus amigos feministas, eu não teria sobrevivido a esse golpe. E sem essas pessoas queridas e éticas, não teria aprendido tanto sobre o mundo e sobre mim, e não seria a pessoa completa e forte que sou hoje. Foi por isso tudo que escolhi a palavra "comunidade" para estampar meu corpo neste projeto. Devo toda a minha sanidade mental e corporal às minhas pessoas companheiras.

Emicida diz que "quem tem um amigo tem tudo".

Eu digo mais: quem tem um amigo na luta tem tudo.

Anna Virginia Balloussier

A primeira vez em que me senti feminista, mesmo sem saber que existia palavra para isso, foi no parquinho. Os meninos não queriam deixar as meninas brincarem na gangorra. Primeiro chorei dizendo que isso não era justo, depois puxei o cabelo do Caio até ele lacrimejar um pouco de dor, um pouco pela humilhação de levar uma sova de uma garota. Por que choras, patriarcado?

A primeira vez em que me senti uma feminista de merda, já bem ciente de que não seria a primeira nem a última mulher a pensar assim, foi quando uma amiga choramingou que estava gorda. Eu olhei fundo nos olhos dela, mandei um "miga, sua louca", dei uma palestrinha sobre como nosso gênero precisa se libertar de padrões de beleza impostos para agradar macho que tem mais pneus do que promoção da Pirelli (e tudo bem!), enquanto da gente se exige a aparência de uma sílfide crossfiteira com cartão fidelidade na clínica de botox.

Mas a verdade é que eu também achava que ela estava gorda, e achava inclusive que não me faria mal perder uns quilinhos. Eu peso 55 kg para 1,73m de altura. Ainda que fossem 100 kg. Ainda que fosse uma tonelada.

Eu me senti uma baita de uma hipócrita, pregando teorias que não condiziam com a minha prática. Um sentimento recorrente desde que me reconheço como feminista. E não são só os lapsos na autoimagem, não. Se eu dizia para outra mulher que ela não deveria abaixar a cabeça para homem algum, no mesmo dia me via sorrindo amarelo quando um sabichão tentava me dar aula sobre um assunto que ele aprendeu lendo um livro meu, sem cogitar que eu poderia saber mais do que ele sobre qualquer tema que fosse. Bom, exceto talvez por receitas de torta (detalhe: queimo até macarrão!).

Por um tempo, encuquei que deveria ser uma feminista melhor. Como se houvesse uma fórmula mágica para não se deixar levar pela ideia martelada em nossas cabeças, por anos a fio, de que não somos boas o bastante e que os homens deveriam ser prioridade. Minha mãe separava o maior e mais suculento pedaço de bife para o meu pai, aí servia seus filhos homens, e só depois se servia e servia as filhas, sabe?

A comediante Deborah Frances-White já disse: "Nós, mulheres, somos treina-

DES-
CULPA

« A ORIGEM ETIMOLÓGICA DA PALAVRA 'DESCULPAR' É REMOVER A CULPA DE ALGO. É O QUE AS MULHERES PRECISAM FAZER A TODO INSTANTE – SER MAIS GENEROSAS UMAS COM AS OUTRAS E CONSIGO MESMAS. »

das para nos sentir culpadas por tudo. Para algumas de nós, o feminismo virou outra forma de se sentir inadequada". Eu ia acrescentar: "Isso porque nem falamos de culpa materna ainda". Mas parei por me sentir culpada de dar gatilho a mulheres que não são mães porque não conseguem (elas não se perdoam) ou não querem (a sociedade não as perdoa).

Frances-White tem um podcast, *The Guilty Feminist* (A feminista culpada), justamente para propor que façamos as pazes com todas as incoerências que nos formam enquanto mulheres e feministas. Os episódios costumam partir da frase "sou feminista, mas...", e uma convidada certa vez completou: "Teve um dia em que eu estava numa marcha pelos direitos das mulheres e entrei numa loja para usar o banheiro. Me distraí experimentando cremes faciais. Quando saí, a marcha havia acabado". O creme não compensa.

A última vez em que me senti feminista, depois de tanto tempo me sentindo mal por tanta coisa que nem sei por onde começar, foi hoje, elaborando este texto. Em 1929, Virginia Woolf se perguntou por que nenhuma mulher havia feito uma literatura extraordinária como a de Shakespeare. E como poderia? Ou a sociedade a sabotava, ou a autosabotagem dava conta do recado.

A xará Virginia também especulou se os muitos poemas admiráveis que lia de autoria desconhecida foram na verdade escritos por mulheres. Daí associarem à autora de Mrs. Dalloway uma frase que sintetiza esse pensamento: "Pela maior parte da história, anônimo foi uma mulher".

Uma mulher culpada, provavelmente.

A origem etimológica da palavra "desculpar" é remover a culpa de algo. É o que as mulheres precisam fazer a todo instante – ser mais generosas umas com as outras e consigo mesmas.

Desculpa qualquer coisa e sigamos.

TRANSBORDAR

Palmira Margarida

TRANSBORDAR

Em um deserto muito adentro de mim, em que viajei no âmago da dor, da solidão, onde passei fome de alma, onde não havia cheiros e tudo era só escuridão, alguém sem nome, no silêncio daquelas noites, me transpassava. Comecei a sentir sua presença de forma tímida, chegou devagar. Às vezes, soprava minha pele machucada e meu coração ferido, acalentava-me com sua respiração.

Enigmática como a escuridão que me cercava, aos poucos, como um animal selvagem, sua pele foi tocando a minha, uma serpente que me abraçava levemente com seu corpo malemolente. Junto ao alquimista tempo, a escuridão foi se tornando minha alquimia, minha cura, e o sopro da senhora que me viajava transformou-se em acolhimento.

Eu me transmutei por muitas vezes até perceber que já via no escuro, a visão da coruja estava em mim e, aos olhos daquela que eu não sabia quem era e que velava meu sono e minhas angústias, aquela que estava sempre à sombra sussurrava: transborde!

Eu não entendia, passei por muitas alquimias até começar a penetrar no solo árido e minhas raízes o romperem, duro e ardido, em busca de água, alimento para um coração quebrado e um corpo invadido. Como uma pequena árvore, tentava ficar de pé, era impossível, meu corpo se lançava à frente e caía, como um caule sem vida. Eu, guerreira de longas datas, sabia que precisava ficar ereta, andar sobre dois pés, mas era impossível. Eu tinha apanhado tanto que meu corpo já não respondia, mas no pouco que agora via com minha alma metade mulher, metade coruja, já não sentia medo das sombras, passei a ser parte dela. Nós éramos cúmplices, confidentes, e a mulher que me observava sussurrava ao vento bem aos ouvidos: transborda!

Meus quadris, duros como ferro, minha vulva seca, meu ventre: silêncio! Silêncio da indignidade de não se ficar mais de pé. Mas o pio da coruja da mulher já não era mais ouvido só com os meus ouvidos, assim como minha visão não via só com os olhos. Meu corpo todo via, minha visão havia se transformado, eu era como um animal, um réptil, uma serpente, ouvia com minha pele que se arrastava pelo chão, sentindo os tremores e respiros nos mais variados tons de negro do deserto em que jazia.

Eu já não era mais uma mulher ereta. Era uma selvagem que andava se arrastando como uma serpente, e assim fui vivendo no submundo. E quando achava que já havia esquecido a voz d'Ela, sussurrando, quente e forte, como o cheiro de uma raiz: transborda!

Eu já enxergava na escuridão, meu corpo serpenteava pelo chão e, sem perceber, aquele lugar inóspito já havia se tornado meu lar. O escuro tem muitos tons, mas só consegue ver quem tem olhos para ver, quem já perdeu o medo da sombra da Lua e da penumbra da própria alma. Eu já havia perdido tudo e no lugar do nada eu começava a encontrar um novo eu, um eu que disseram ser sujo, errado, pecaminoso, um eu reptiliano, gargalhante, sedutor, um eu escondido por mim mesma a mando dos mesmos que me jogaram aos lobos e às serpentes da escuridão.

Pois foi nesse lugar maldizido de sujo e lamoso que fiz o barro de minha nova existência.

E ela, Ela, continuava cada vez mais forte, mais perto, penetrante, irremediável, a cada passagem de vento, de tempo: transborda!

E numa Lua Nova, com o céu completamente negro e meu olhar de coruja, pela primeira vez senti descendo em minhas pernas e tomando meu corpo deitado ao chão: o sangue, meu ciclo lunar vindo. Entorpecida-me de mim mesma, de meu sangue, bailava rastejando como uma serpente no solo para banhar-me em meu próprio sangue.

Meu sangue! Meu sagrado sangue! Lembrei-me de que estava viva. Isso me deixou excitada, transbordante, e minhas gargalhadas de prazer tomaram todo o infinito espaço escuro, rodopiavam e criavam ecos que, de tão fortes, chegaram à superfície.

E os que me jogaram ao nada, lá na superfície de suas hipocrisias, sentiram medo, protestaram, fizeram orações com uma cruz morta nas mãos, maldisseram a escuridão e o desconhecido, mas quanto mais lutavam mais eu gargalhava e isso me dava prazer. Já não era mais só sangue, mas também água que escorria de minha vulva, uma água morna, voluptuosa, aveludada. Eu estava molhada e nutrindo a terra com aquela loucura desvairada de mulher selvagem.

A terra agradeceu pela água, se sentiu nutrida e, em troca, fez brotar de sua pele árida e seca as flores mais belas para acariciar minha pele de mulher bicho e perfumar minha alma morta. Com o aroma doce do

deserto, minha alma reviveu, meu coração bateu, um sopro veio às minhas narinas, eu me remontei. Serpenteava, gritava de prazer e de minha vulva nasceu um rio que abriu um clarão sobre a terra e criou vida.

Uma rosa vermelha nasceu do chão da escuridão e, com minha gargalhada assustadora, desabrochou. Ela não tinha medo, ela era eu e eu era ela. A rosa vermelha falou: transborda!

E assim meu rio virou mar, o mar explodiu e criou as estrelas. Meu céu se iluminou e entendi o sussurro daquela que sempre foi rosa vermelha: transborda!

Minha água foi longe, chegou à superfície, lavou as almas e os corpos estúpidos dos que me maldiziam, descobri que não era boa nem má. Nunca mais quis ser boa menina, nem tampouco descobri que era o demônio de alguém. Eu sou o cálice, o transbordar, e minha água aí está, cintilando na penumbra da Lua de alguma outra mulher. Ou de muitas.

As filhas perdidas de Maria Madalena.

À filha de Maria Madalena: transborda!

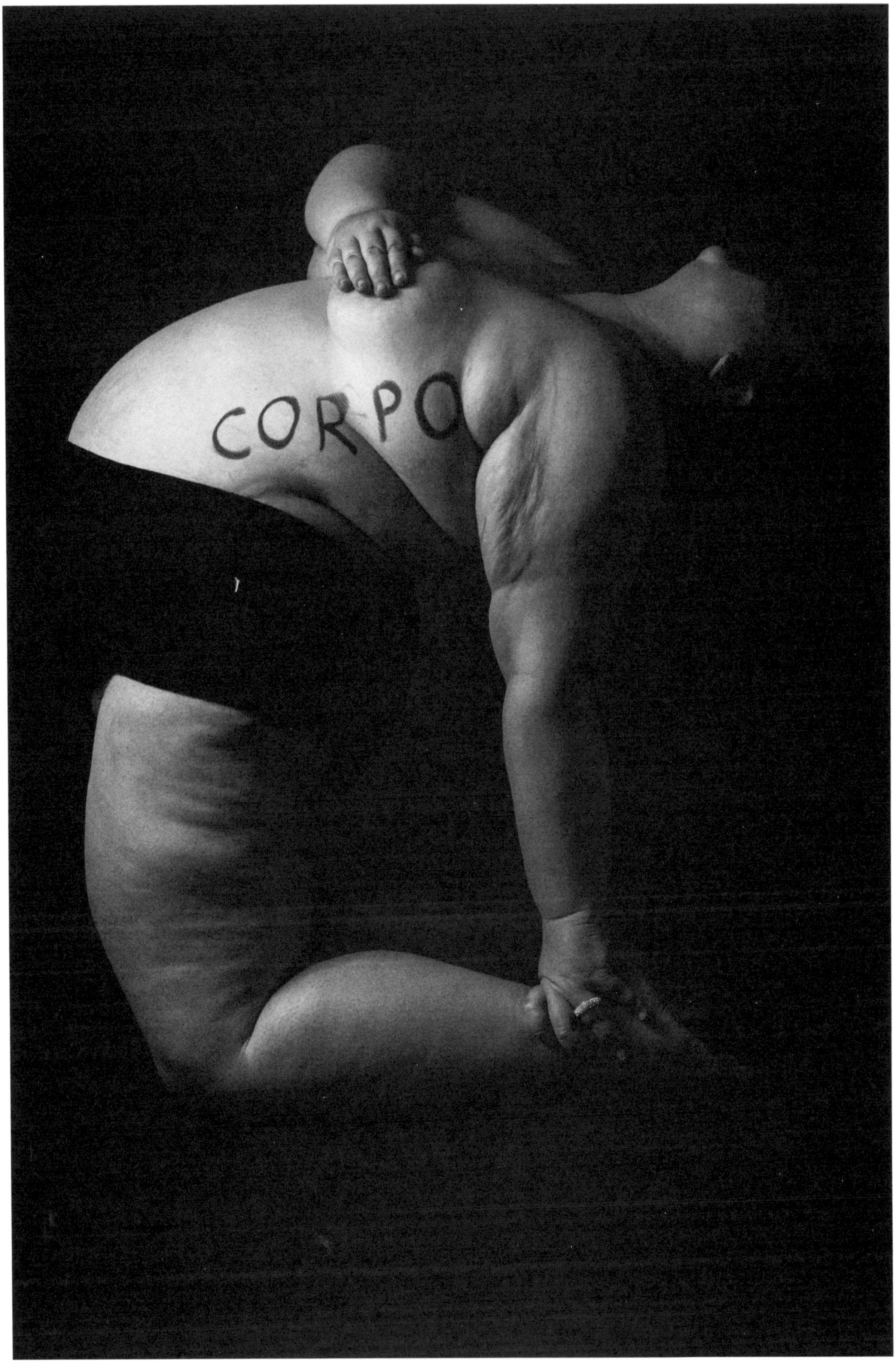
CORPO

Rafaela Ferreira

O corpo é a nossa casa, o lugar onde somos possíveis e podemos experimentar a vida. Essa foi uma das minhas primeiras conclusões maduras e que me transformaram numa mulher feliz. Sou grata ao meu corpo por ser veículo, meio e mensagem, e também por me permitir descobrir tantas realidades. Mas, verdade seja dita, nem sempre a visão sobre o meu corpo foi tão integrada e positiva. Houve momentos em que ser quem eu sou era muito difícil e ainda há um momento ou outro igualmente difícil.

Ser gorda na infância e na adolescência dos anos 1990/2000 me trouxe uma sensação repulsiva sobre a minha forma. Ser gorda era algo errado, não permitido, que precisava ser corrigido a qualquer custo. Meu corpo gordo era um problema familiar e social. Definitivamente, era impossível e inaceitável ser feliz nesse contexto.

No decorrer do tempo, me descobri através da minha jornada como atriz, experimentando a potência e a criatividade que pulsam em cada célula em livre manifestação. Naturalmente expansiva, me senti crescendo ainda mais, assumindo com orgulho e consciência minhas próprias proporções.

Aprendi a trilhar o caminho do amor próprio de forma incondicional, compreendendo meus limites e abraçando também o alto desempenho do meu corpo. Decidi confiar em ampliar minha visão, aprimorar meu discernimento sobre conceitos como a beleza, e testemunhei claramente o desmoronamento desse sistema rígido e irreal de padrões que, por tanto tempo, me sufocou. Integrei a meu vocabulário a palavra "gordofobia", reconhecendo sua presença em todos os lugares, muitas vezes disfarçada de humor e piadas.

Desvendar antigas perspectivas, confrontar traumas e caminhar livremente exigiram muito de mim e continuam a exigir. Hoje, discutimos sobre gordofobia, pressão estética, *body positive* e liberdade corporal, mas o que realmente desejo destacar é a autenticidade de cada experiência neste mundo. Pensando sobre isso durante grande parte da minha existência e tendo percorrido incansavelmente uma trajetória transformadora, acumulei uma série de informações que tenho compartilhado em minhas obras e canais. Sinto que assim me conecto com outros corpos e evocamos juntos um certo poder de cura das dores, mágoas e feridas

« NOSSA HISTÓRIA É ESCRITA EM NOSSO CORPO, O QUE O TORNA SEMPRE MAIS INCRÍVEL. »

ainda abertas nesta nossa carne viva, humana e resistente.

Eu optei por me examinar minuciosamente, explorando as nuances da minha identidade para compreender meu papel no mundo. Decidi não me retrair, escolhi expressar minha voz e abraçar plenamente minha existência em toda a sua amplitude, reconhecendo a largura e grandiosidade que as mulheres possuem, mesmo diante da opressão e da incompreensão. É preciso acreditar nisso e, com amor, lutar por isso.

Nunca coube nas expectativas sobre mim, sobre meu corpo e comportamento. E é desse estado que nasce o impulso de criar novos espaços, rachaduras nas estruturas padronizadas. Aliás, a sensação de não caber é um estado muito conhecido por mim, não caber nas roupas, nas cadeiras, poltronas de avião... Não por acaso, escrevi o livro *Eu só cabia nas palavras* (Harper Collins, 2023).

Faltam muita informação e empatia. A confusão é tanta que a palavra gorda, quando usada para definir alguém, já vem carregada de tantos significados que limita aquela pessoa a um estereótipo. E não vemos o fenômeno contrário quando usamos a palavra magra para se referir a alguém. Essa reflexão não é só minha. Há muita gente séria, algumas que conheço pessoalmente, fazendo ciência sobre isso.

Agnes Arruda e Malu Jimenez são duas dessas pesquisadoras, que falam sobre o estigma de ser gorda na sociedade contemporânea. Elas escreveram *O Peso e a mídia* e *Lute como uma gorda*, livros que podem te ajudar, caso você queira saber mais sobre esse assunto.

O corpo, enfim, é a nossa casa, nosso veículo para viver e ter a dádiva de experimentar as sensações e emoções deste mundo. Para mim, ele é sagrado, perfeito em suas sabedorias e rico em seus defeitos. Nossa história é escrita em nosso corpo, o que o torna sempre mais incrível. Ele guarda as marcas de nossas escolhas, que transbordam por músculos, ossos e pele.

Ele é lindo e sempre será!

Renata Corrêa

Palavra é a matéria-prima da minha profissão. É por meio do encadeamento e da relação entre as palavras que eu posso criar novas realidades, universos e principalmente dar sentido para o que nos atravessa.

Tenho fascínio por essa tecnologia ancestral, que nasce da necessidade do ser humano de se conectar com outro ser humano. Essa ponte invisível entre mim e você. Essa ferramenta é capaz de atravessar fronteiras geográficas, paredes, diferenças de raça, de classe, de gênero. Um superpoder maior do que qualquer herói de histórias em quadrinhos. Quando bem escolhida, a palavra costura laços profundos que conectam as pessoas verdadeiramente.

Com a palavra, também é possível inventar o mundo do zero, como se ele fosse novo. E a conversa entre esses dois mundos – o real e o imaginado – pode transformar a nossa realidade.

Recentemente, ouvi uma história sobre a invenção da escrita como conhecemos hoje. Apesar de saber que a escrita foi inventada de diversas maneiras, em diversos tempos e diversos lugares diferentes, gosto dessa versão que ouvi não lembro onde.

Um casal de comerciantes da antiga Eurásia dividia assim o seu trabalho: ele, explorador, levava suas mercadorias pelo mundo. Ela, boa em matemática e relações, cuidava dos estoques e do ouro. Distantes um do outro, o casal decidiu criar uma grafia própria para se comunicar, com o objetivo de não ser roubado, mas também para preservar os sentimentos de amor que expressavam por meio dessa invenção.

« QUANDO BEM ESCOLHIDA, A PALAVRA COSTURA LAÇOS PROFUNDOS QUE CONECTAM AS PESSOAS VERDADEIRAMENTE. »

PALAVRA

Se essa história é verdadeira, não faço a menor ideia, mas acredito que todo ato de amor é um ato de criação. Quem já esteve apaixonado sabe que o feitiço da paixão é capaz de criar linguagem.

Isso é muito bonito. A palavra tem essa capacidade múltipla de ser um código íntimo e secreto e, ao mesmo tempo, construir entendimentos gigantescos: acabar com guerras e consolidar a ideia de nação são funções da palavra, assim como o sussurro inaudível daquilo que dois amantes só têm coragem de dizer encarcerados num quarto.

Infelizmente, nos últimos anos, temos observado essa ferramenta tão potente e generosa ser utilizada para o engano, a mentira, a disseminação de informações falsas e a sedução do fascismo. Quando volto para essa origem fantasiosa, para o casal que precisava amar e ganhar o pão, lembro que a palavra também é uma escolha, e que escolher é uma das grandes belezas de estarmos vivos neste momento.

Também não posso me esquecer da qualidade alquímica da palavra. Tudo que nasce também provoca o nascimento de uma palavra novinha em folha. E podemos usar palavras antigas, feias e ofensivas para nos levantar contra a feiura que nos ataca no dia a dia.

Quando a sociedade muda e os comportamentos mudam, precisamos criar novas palavras para definir essas mudanças. Assim, quando as mulheres decidiram se organizar politicamente e entenderam que nós não somos destinadas a uma vida subalterna, foi que nasceu a palavra feminismo.

Sarah Oliveira

Quando Maria me convidou para participar deste lindo livro e posar para ela com uma palavra cravada em meu corpo, na hora me veio à cabeça o significado de TRAVESSIA.

Pensei em refletir sobre as liberdades individuais e sobre a independência que todas nós almejamos e prezamos.

Isso tudo vem dos nossos desejos. Para mim, os desejos da mulher devem ser inegociáveis. A busca é por sermos honestas com as nossas escolhas. Com nós mesmas. E essas escolhas, sejam pessoais ou profissionais, não significam descasos ou partidas. Não são a conclusão e sim capítulos. Lampejos, nuances.

O processo de qualquer escolha é solitário, claro. Muitas vezes sofrido e duro.

Mas sempre libertador.

Um dia, a escritora e roteirista Renata Côrrea escreveu uma das coisas mais bonitas que eu já li sobre a centelha de uma mulher pela vida:

"Verbalizar o desejo pode ser uma ação completamente devastadora e também a única posição possível para se manter íntegra".

É isso.

As travessias nos forçam a ousar e a vida é feita de ousadia, de movimento. De coragem.

Como Gal Costa canta em *Com medo, Com Pedro*, que Gilberto Gil escreveu para ela: "Deus me livre de ter medo agora, depois que eu já me joguei no mundo".

E como Milton Nascimento canta em sua música *Travessia*: "Já não sonho; hoje faço, com meu braço, o meu viver".

Atravesso. Em frente.

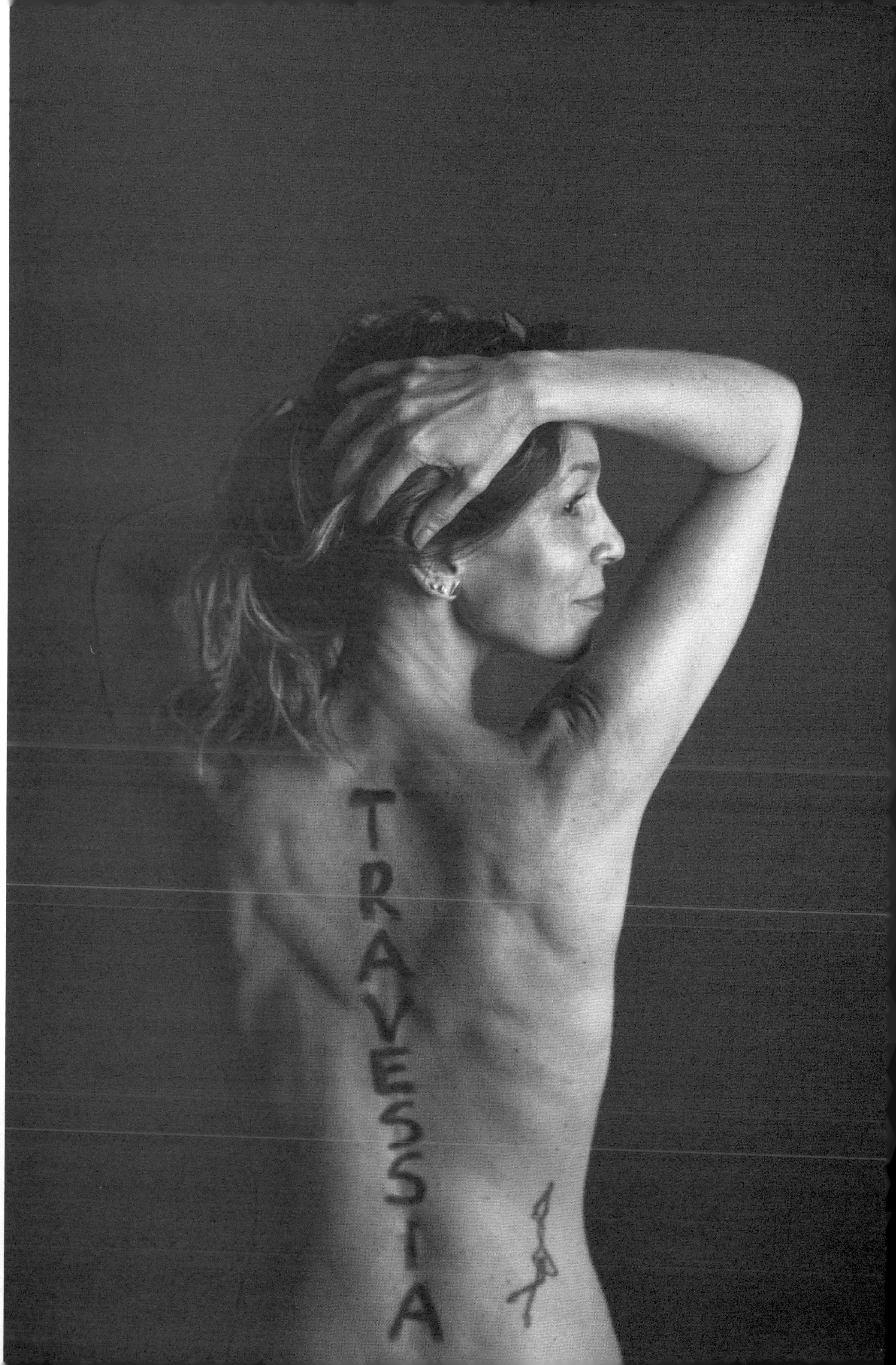
TRAVESSIA

Thais Gulin

DESOBEDIÊNCIA

Uma mulher numa redoma de vidro onde ela grita sem som, abafada. Todos passam e, por curiosidade, olham para dentro da redoma, mas não a veem. Seguem suas vidas. Ela implora em desespero por ajuda. Ninguém a percebe ali, embora o vidro seja transparente.

Quando você "cai" nas mãos de um homem violento é como se você tivesse suas pregas vocais cortadas. Você é despersonalizada e, silenciosamente, limada da face da Terra. Sem tempo para reagir, você está ali para servi-lo, mergulhada numa situação de terror que parece ser eterna. Muitas vezes é.

Por que identificar a violência não é ensinado nas instituições? Como tão poucos psicólogos têm letramento de gênero e quase nenhum médico sabe reconhecer os sinais se a violência contra a mulher é um problema de saúde pública e uma epidemia? Por que isso não é ensinado como se ensina primeiros socorros ou massagem cardíaca?

Minha experiência e de muitas outras mulheres é ter lutado muitos anos para ficar viva, por estar nessa situação de redoma de vidro. E sinais tão simples, óbvios e às vezes sutis são urgentes de ser percebidos para que tenhamos mais atenção às amigas e a outras mulheres ao nosso alcance. Nenhuma mulher merece se tornar sobrevivente – quando sobrevivente – porque achou que havia encontrado amor, mas teve seu espírito quebrado e sua saúde destruída. Isso quando não é assassinada.

A MULHER:
é isolada dos amigos e da família
sente culpa excessiva
sente vergonha
para de sair de casa
tem medo de não ouvir o celular
perde a confiança em si
parece estar sempre sozinha
tem seu brilho no olhar apagado
não se comporta mais como antes
passa a ter atitudes sem nexo
é triste
entra em depressão
tem crises pânico
entra em ideação suicida
tenta suicídio
tem problemas de memória, não consegue terminar frases

DE SO BE
DIÊ EN
C I A

se comunica de forma totalmente confusa
não consegue se colocar no mundo
vive em extrema angústia
fica defensiva e reativa
não consegue tomar decisões
apresenta comportamento agressivo
para de fazer atividades que antes lhe davam prazer
começa a beber e/ou usar drogas lícitas ou não
desiste da carreira e dos objetivos de vida
faz tudo "certinho", fica boazinha para não sofrer difamação por parte do agressor – que se faz de vítima – ou sofrer mais punições da parte dele
some do mapa
chora o tempo todo
se sente vigiada o tempo todo
tenta ser excessivamente perfeita
tem dores físicas sem causa aparente
passa a ter um comportamento robótico ou age feito uma boneca
não se veste como se vestia antes
para de trabalhar

Porque o foco agora é sobreviver.

A violência é tão abertamente permitida e estimulada que a mulher dificilmente conseguirá falar ou entender o que de fato acontece e estará sempre pronta para defender o agressor.

NÃO SAIA DE PERTO DESSA AMIGA.

Pode levar anos até que ela consiga se livrar dessa situação por estar proibida de pensar ou sentir.

Organizar uma rede de apoio para essa amiga pode ser a única possibilidade de salvação de sua vida.

Li esses dias que o abusador é "um vigarista que promete um futuro mágico e entrega o inferno". A mulher se agarra a esta ideia do futuro mágico com que ele a atraiu e não consegue soltar porque é tudo o que tem. Insista em acolhê-la.

Quando a gente é muito nova (ou ainda não entendeu o sistema violento), muito da vida é sorte e azar. A gente ainda não se conhece tanto para fazer as melhores escolhas. E a sorte – num mundo repleto de homens prontos para moer mulheres desobedientes – tem um papel importante. Para eles, punir é fácil, corriqueiro e natural como passar um café.

Para a mulher, muitas vezes proporcional ao talento, à independência e à inteligência, é nosso silenciamento ou morte. Sorte é ter pessoas, é estarmos juntas para que não sejamos desabilitadas por covardes. O predador enxerga e mapeia cada buraquinho por onde será capaz de entrar. Cabe a nós agir como se fosse possível transformar radicalmente o mundo. E temos que fazer isso o tempo todo.

Toranja

Sou Giovanna M., conhecida artisticamente como Toranja. Sou influenciadora digital, modelo fora do padrão, multiartista, criadora e produtora de moda. Nasci e fui criada na Zona Oeste de São Paulo. Comecei como modelo artística em 2017, focando na minha beleza despadronizada, por conta de uma condição dermatológica que mexeu negativamente na minha autoestima.

Aos doze anos, fui diagnosticada com lúpus eritematoso sistêmico, uma doença autoimune, que danifica as células de defesa do corpo. Logo na minha infância, sofri várias modificações no corpo, causadas pelo remédio de tratamento. Sofri muito por conta do corpo que tinha, desenvolvi bulimia, depressão e ansiedade. Para mim, já era difícil demais ser uma mulher preta e agora eu era uma mulher preta com um corpo com doença.

Encontrei na arte e na fotografia uma porta para enxergar a beleza que não achava em meu corpo e nas redes sociais uma oportunidade de encorajar outras mulheres. Quando decidi expor meu corpo, minhas marcas, e contar minha história, várias mulheres se identificaram e contaram as suas também. Eu percebi que precisava lutar para ter meu lugar na sociedade, enfrentar os paradigmas da beleza imposta – enfrentar por mim e por elas, que carregam, assim como eu, vivências de muita dor e luta.

Com o tempo, meu público se ampliou, até porque não são apenas as mulheres que sofrem com falta de autoestima, não é?

Apareceram homens e muitos membros da comunidade LGBTQ+. Todo apoio que recebi me ajudou a lidar melhor com o lúpus e enfrentar o preconceito, por mim, pelos meus e pelos outros! Foi assim que descobri o quanto meu trabalho e quem eu sou podia e devia OCUPAR!

Desde que eu nasci, fui ensinada a aceitar o NÃO.

NÃO! Por ser mulher. NÃO! Por ser negra. NÃO! Por ter uma doença. NÃO! Por viver com uma deficiência.

Imagina como é traumático para uma criança crescer ouvindo "NÃO". Não posso fazer coisas simples, não posso ser o que quero, não posso viver meu sonho. Porque mulher precisa tomar cuidado, mulher tem seu destino definido desde quando está na barriga de

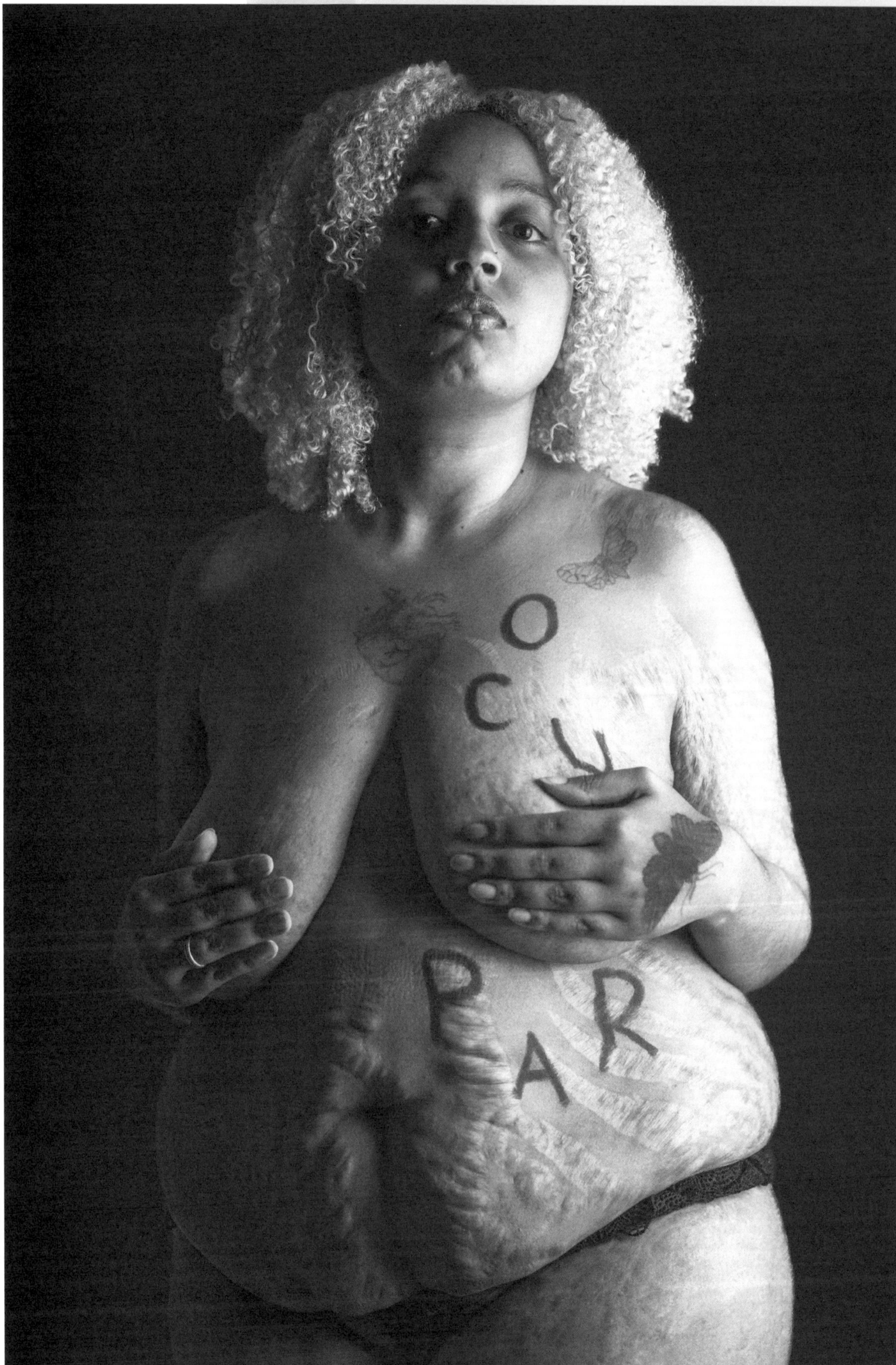
OCU
PAR

sua mãe e o destino tende a ser mais cruel quando se é uma mulher negra e com uma deficiência. Pensando bem, é fácil dizer "NÃO" para uma criança. Até que eu cresci, cresci mais e mais um pouco, e mesmo na vida adulta ainda me dizem "NÃO".

NÃO! Esse lugar não é para pessoas como você. NÃO! Você não é tão capaz como os outros. NÃO! Você não devia falar sobre isso. NÃO! Você não devia estar aqui. NÃO! Você devia desistir.

Agora imagina como isso é pesado, duro para uma adulta lidar, ter que se provar o tempo todo, mais do que os outros, mais do que homens brancos, mais do que pessoas sem deficiências.

Como mulher negra, aprendi sobre ocupar, ocupar lugares de pessoas brancas, lugares que dizem não ser para mim. Como mulher deficiente, eu aprendi sobre OCUPAR, ocupar lugares que não foram feitos para mim. São lugares que na porta de casa já anunciam seu público: "Arte não é para você", "moda não é para você" e, se você tentar, vamos tirar de você, ROUBAR.

Mas eu continuo, eu quero estar lá, eu posso estar lá, todo lugar também me pertence e vou dar um jeito de tomar um lugar também. Então eu sigo, sigo OCUPANDO todos os lugares que eu achar, todos os lugares que eu quiser estar, todos os lugares que dizem não me pertencer. Vocês terão que me ver em todos os lugares! Vou continuar a OCUPAR!

Estar em todos os lugares que me são negados, gritar se for necessário. Eu estou aqui e vou ficar aqui, mesmo que me neguem, porque esse lugar também é para mim.

Veronica Oliveira

Não gosto de ser encaixada em padrões, então desde sempre ouvi que era rebelde e esse adjetivo não só não me incomodava como fazia com que eu me sentisse bem.

Gostava de questionar, rebater, tentar entender por que insistem em colocar a gente em caixinhas.

A vida me levou a sair destruindo várias dessas caixinhas, já que eu cresci em família de classe média miscigenada. Perdi tudo depois de adulta, sobrevivi a uma tentativa de suicídio e reconstruí a minha vida me tornando inspiração para outras pessoas.

Mulher preta, mãe solo, ex-faxineira, mãe atípica.

Tudo prontinho para ser encaixada num lugar onde me esperam: servindo, obedecendo, ficando longe dos olhos dos mais privilegiados. Mas eu não sou assim, já disse.

Ousei viver, ousei vencer.

Se bem que também não sei bem o que é esse tal de vencer aí que tanto falam… Sei que só por estar em pé, depois de tantas quedas e tantos recomeços, eu já posso, sim, me sentir vencedora nesse jogo em que parece que estamos programadas sempre para perder.

Ser mulher é estar em estado permanente de inadequação, não é? É sobre a hora de sermos ou não mães, sobre nossas escolhas profissionais, sobre o tamanho dos nossos corpos, sobre parceiros que tivemos ao longo da vida… E mais uma vez ouso não aceitar que esses sejam parâmetros para decidir se sou uma boa pessoa ou não. Isso é raso demais.

Ouso ser eu mesma, acessar lugares onde não me querem, ter o corpo que tenho, aceitar as escolhas que fiz.

Ouso todos os dias ser eu.

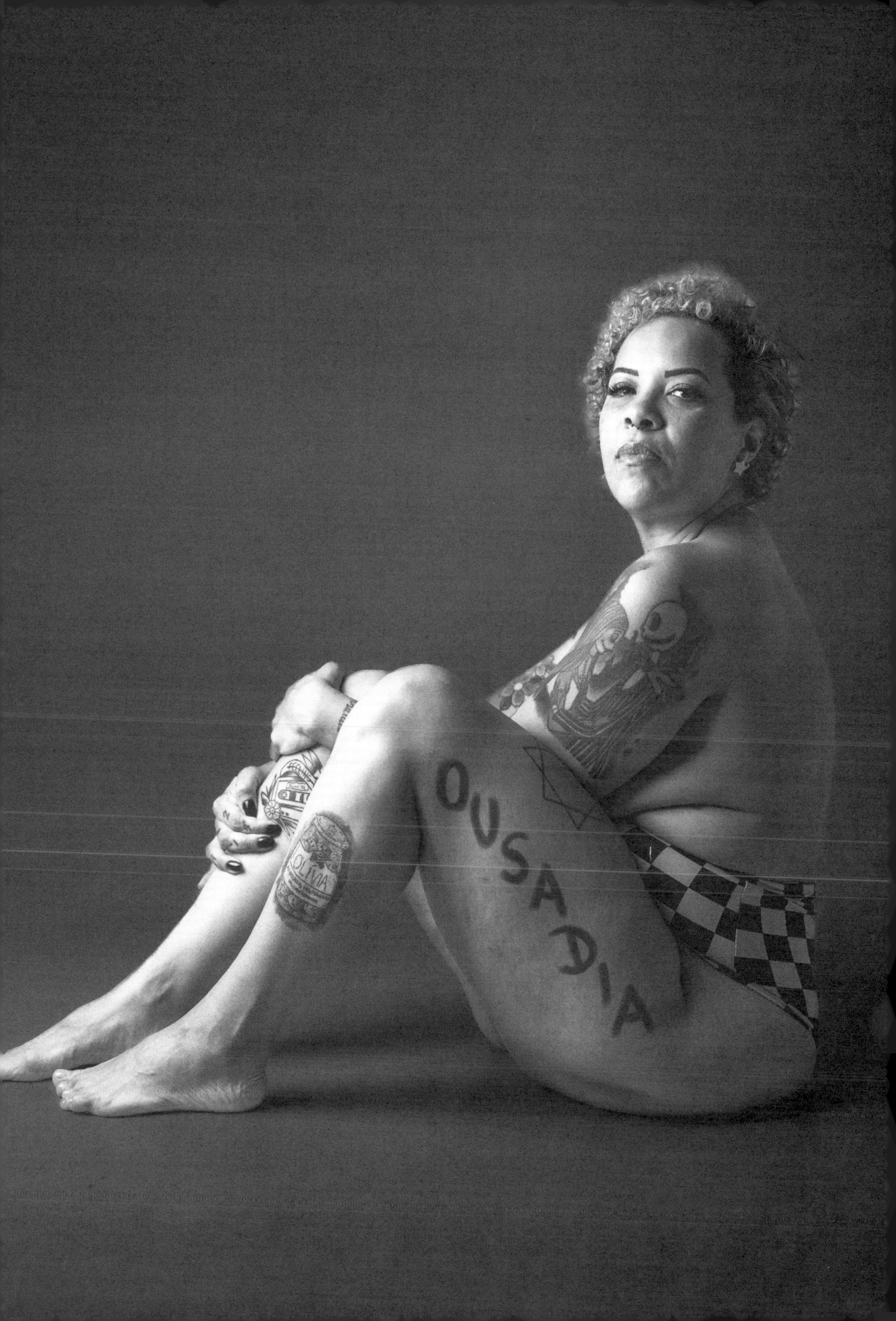
OUSADIA
OLIVIA

Thanee Degasperi

EMPODERAMENTO

Como assim, feminismo?

Eu tinha ouvido falar bem por cima sobre isso e nunca me aprofundei ou me interessei. Fui estuprada. Uma vez... duas vezes... Abusada... Me lembrei de abusos na adolescência que não tinha registrado direito. Aí me encontrei com essa realidade lá longe, em países onde mulheres são estupradas para pagar a dívida ou crimes de... outros homens. E descobri o feminismo islâmico.

Então descobri o feminismo, como um todo. Com suas nuances, vertentes, contradições – cada uma sabe onde a dor a toca – e, mesmo assim, tinha vergonha de mim. De falar, de ser quem eu sou, de olhar no espelho e me achar bonita e gostar de mim. Foi quando vi uma fotógrafa nos convocando, mulheres comuns, para nos fotografar. Escolher uma palavra para ser fotografada e que significasse feminismo para nós.

Escolhi EMPODERAMENTO. E foi isso que Maria me deu. Ser fotografada por ela foi um dos momentos mais importantes da minha vida, da minha construção como mulher FEMINISTA. Foi quando fiquei à vontade e, mesmo com vergonha do meu corpo, fui. Ela, em sua delicadeza e alma de artista, percebeu meu desconforto comigo mesma e sugeriu: "vamos fazer no seu rosto?".

Me senti aliviada. Desabei, mas de forma boa. Desabei de entendimentos, de sentidos e sentimentos, me empoderei. Admito, levei mais alguns anos para me amar, gostar do meu corpo de verdade, me olhar no espelho e me achar bonita.

Sem o olhar da Maria, é bem capaz que isso nem tivesse acontecido. Seu olhar me mostrou bonita, mulher, dona de mim. Me deu poder. É isso que ela faz, com seu olhar em uma lente, seus cenários, sua direção. Maria acolhe e mostra a grande potência que todas nós somos. Que alívio e que alegria ser mulher em um mundo de Maria!

PERTENCIMENTO
TRAVESSIA
INSUBMISSA
PODER
REBELDE COM CAUSA
TRANSBORDAR
CAMINHOS
DESPERTAR
HISTÓRIAS
AUTONOMIA
FÚRIA
IRA
CORPO
RESILIÊNCIA
RAIVA
ESCREVER

ESCREVI RUÍNA

PALAVRA RESI

DESCULPA OCU

HISTÓRIAS PALA

DECOLONIZE-SE

PERTENCIMENT

DESPERTAR INS

DESOBEDIÊNCIA

MÃE TERRA VINC

COMUNIDADE